W0306456

TerreSombres

Une collection dirigée par Laure Buisson

Gwenaële Robert, *Le Dernier des écrivains*
Christian Authier, *L'Ouverture des hostilités*
Alexis Brocas, *Il n'y a jamais de meurtre en l'île*
Joseph Macé-Scaron, *La Falaise aux suicidés*
Nicolas Chaudun, *Mortel bouquet*
Alain Gardinier, *Vengeance au fronton*

VENGEANCE AU FRONTON

DU MÊME AUTEUR (SÉLECTION)

Les Tontons surfeurs, Atlantica, 2004
365 jours de l'histoire du rock, La Martinière, 2010
Miki Dora : De Malibu à la Côte basque, Atlantica, 2013
Punk sur la ville !, Atlantica, 2014
DPRK, Daphnis & Chloé, 2014, Folio
Surf Culture, Atlantica, 2015
The Endless Summer, GM Éditions, 2017

Alain Gardinier

VENGEANCE AU FRONTON

Roman

Les Presses de la Cité TerreSombres

Le Code de la propriété intellectuelle n'autorisant, aux termes des paragraphes 2 et 3 de l'article L. 122-5, d'une part, que les « copies ou reproductions strictement réservées à l'usage privé du copiste et non destinées à une utilisation collective » et, d'autre part, sous réserve du nom de l'auteur et de la source, que les « analyses et les courtes citations justifiées par le caractère critique, polémique, pédagogique, scientifique ou d'information », toute représentation ou reproduction intégrale ou partielle, faite sans le consentement de l'auteur ou de ses ayants droit ou ayants cause, est illicite (article L. 122-4). Cette représentation ou reproduction, par quelque procédé que ce soit, constituerait donc une contrefaçon sanctionnée par les articles L. 335-2 et suivants du Code de la propriété intellectuelle.

© Les Presses de la Cité, 2023
92, avenue de France – 75013 Paris
ISBN 978-2-258-20336-5
Dépôt légal : mai 2023

1

L'inspectrice de police Laurence Etcheverry n'est pas super fan du lieu. Il faut dire que l'institut médico-judiciaire de Bayonne n'a pas été créé pour y organiser des *rave parties*. De toute façon, elle n'est pas non plus emballée par les *raves*. Plus de son âge. Son truc, à Laurence, c'est plutôt les randonnées à travers le Pays basque intérieur avec François pour guide. Et à cet instant elle préférerait être en train de grimper le sommet de la Rhune. LA montagne du Pays basque. Enfin, neuf cent cinq mètres de hauteur, faut pas non plus exagérer. Départ depuis le parking au bout du chemin d'Olhette, passer le petit pont qui mène sur le chemin de l'autre côté du ruisseau, franchir le portail, sans oublier surtout de le refermer. Emprunter un bout du GR 10, le sentier de randonnée qui traverse toutes les Pyrénées d'Hendaye à Banyuls, puis l'abandonner au niveau de l'enclos à brebis. Une halte bienvenue à la *venta** Yasola, charmant petit refuge-bar-restaurant situé exactement sur la frontière. Repartir en montant la foutue pente raide. Encore plus raide après un petit verre de txakoli, obligatoire quand la rosée du matin vous glace par surprise. (D'ailleurs, ce blanc pétillant de la région peut-il véritablement être considéré comme une boisson alcoolisée ?) Longer le bois, passer le grand bosquet, retrouver la piste qui arrive de Bera (« de l'autre côté », comme dit François pour désigner l'Espagne) et monter jusqu'au sommet, le regard attentif pour dénicher des rossolis, incroyable petite plante carnivore disséminée sur le plateau du col des Trois Fontaines. Un végétal qui capture ses proies, de petits insectes, grâce à ses longs cils rose vif aux boutons visqueux qui scintillent sous le soleil. « Une plante qui tue et des victimes qui disparaissent, ça te va trop bien », a souligné François la première fois qu'elle les a observés. François aime lui faire découvrir les charmes de son pays, ses spécialités culinaires, ses villages les plus typiques, mais avant tout cette Rhune, Larrun pour les Basques, avec ses sentiers bordés de fougères et d'aubépines sur

---

* Les mots suivis d'un astérisque figurent dans le lexique à la fin du roman.

lesquels on croise de petits chevaux appelés « pottoks » (elle a appris à bien prononcer, *potiok*), des brebis à tête noire (manex, qu'on prononce *manèche* et non *manexe*, au risque de voir François s'étouffer dans une nouvelle quinte de rire), voire des vaches sauvages (qu'elle n'appelle pas, se contentant de les regarder). C'est un fait : tout ça la change bien de sa Somme natale.

Quand François, que ses copains appellent Patxi – prononcer *Pat-Chi* –, après une carrière de haut fonctionnaire à Amiens a été nommé dans sa région natale, Laurence a quitté la Somme pour le suivre avec plaisir. Quelques mois à attendre qu'un poste d'inspecteur au commissariat principal de Bayonne se libère, et la voici goûtant depuis maintenant presque un an aux charmes d'Euskal Herria. Oui, ça veut dire Pays basque dans la langue locale, l'euskara. Peut-être les seuls mots qu'elle connaît, avec *egun on* (bonjour), *agur* (adieu) et *eskerrik asko* (merci). Ah oui ! Également txakoli et irouléguy (décidément, ces deux vins locaux sont bien agréables).

Elle divague, elle divague, mais pour l'instant un corps repose devant elle, dans une salle de l'institut médico-judiciaire de l'hôpital de Bayonne. Martin Gozategui, cinquante-quatre ans, un mètre quatre-vingt-cinq, cent un kilos. Un ex-professionnel de la pelote basque. Ça existe, ça ? On peut donc vivre de ce jeu qu'elle a découvert en arrivant ici ? Durant quelques mois, elle a d'ailleurs cru que le fameux panneau *Trinquet*, que l'on croise un peu partout dans le coin, était le nom d'un village. Encore une belle occasion pour son mari de se payer une bonne tranche de rire à ses dépens. En même temps, il y a dans sa méprise une part de vérité : tous les chemins du Pays basque mènent à un trinquet et à des pelotaris qui s'y renvoient la balle.

Un beau gars en tout cas, ce Gozategui, même après l'autopsie, celle-ci lui ayant laissé une apparence tout à fait décente. Le rapport du légiste est clair : le Bidartar (autre particularité du coin : pour trouver le gentilé d'un local, penser à greffer le suffixe *ar* au nom de son village. Ça marche avec Bidart, Guéthary, Ascain, mais pas Anglet ou Biarritz… Bonjour, les maux de tête !), le Bidartar, donc, semble être décédé d'un traumatisme crânien majeur associé à une embarrure… Hop, iPhone !, hop, Wikipédia ! : en langage clair, une compression de la région du cerveau sous-jacente et une hémorragie locale entre l'os et les méninges, soit un hématome extradural. Hématome extradural, ça, elle connaît. C'est peut-être même la première expression qu'elle a retenue quand elle a commencé l'École de police. Un enfoncement d'une petite partie de la surface du crâne, avec déplacement du fragment d'os fracturé. Aussitôt, elle s'était créé un pense-bête. Extradural : Estrémadure. Aucun rapport avec ce joli coin d'Espagne, mais la mnémotechnie, ça fonctionne. Comme le célèbre « mourir ne prend qu'un seul *r* car on ne meurt qu'une fois ». De circonstance, celui-là !

Laurence soulève les cheveux de la victime et découvre un petit creux au niveau de sa tempe droite. Selon le rapport, Gozategui serait mort sur le coup à la suite de ce qui semble avoir été un choc sur un petit diamètre. OK, les légistes ont eux aussi le droit d'utiliser des *semble* et des *serait*, mais qu'a-t-on de concret hormis son décès ? Qu'a-t-il pu heurter ? Si l'on croit ce qu'ils ont écrit, les engins genre matraque ou autres gros objets contondants sont totalement exclus, car l'enfoncement serait alors bien plus profond et la marque sur la tempe beaucoup plus franche. L'équipe arrivée sur place n'a rien trouvé autour du corps ni sur la place, qui a été passée au peigne fin (quelle expression stupide !). Bref, comment un type dans la force de l'âge, sportif accompli, sans aucun antécédent médical majeur, peut mourir soudainement, au petit matin, sur la place de son village ? Un choc temporal en serait la cause. OK, mais dû à quoi ? Et par ailleurs que faisait-il là-bas aux aurores (le décès s'est produit, à en croire le légiste, environ une heure avant la découverte du corps, soit vers six heures) ? Promenade matinale ? Rendez-vous ? Professionnel ? Galant ? Sinon avec son assassin… si assassin il y a. Pour l'instant, rien ne le suggère. Aurait-il pu se blesser tout seul chez lui et rejoindre la place du village afin de chercher de l'aide ? Peu probable. Que de questions ! Laurence en a presque la tête qui tourne. D'un autre côté, c'est son job. Encore une enquête de l'inspecteur Mc Cullehan ! Elle apprécie vraiment cette bande dessinée. Surtout le second tome, *Du rififi au Gougou Bar*. Voilà ! *Du rififi au bar du Fronton : encore une enquête de l'inspecteur Etcheverry*. Un bon titre ! Elle divague, elle divague, mais le corps de Martin Gozategui repose, là, devant elle, et pour le moment, si elle possède une vague explication sur l'origine de son décès, elle ne sait pas vraiment comment, pourquoi, et encore moins par qui. Que la fête commence !

2

— Gozategui est mort !

François, debout dans le salon, la télécommande à la main, regarde l'écran de sa télé, où défilent des extraits de parties de pelote basque, des photos et interviews de Martin Gozategui.

— Tu le connaissais ?

— Bien sûr. Tu sais, tout Basque qui se respecte a tâté un jour du rugby et de la pelote, et j'y ai pas mal joué durant mon adolescence. Gozategui était un des meilleurs. Tu es sur l'enquête ?

Laurence lui prend la télécommande des mains et éteint la télé. Puis se sert un verre de manzana verde tout juste sortie du réfrigérateur.

— Oui. Pas simple. J'ai passé la moitié de la journée à l'unité médico-judiciaire, à l'hôpital, et l'autre à tenter de trouver des semblants de pistes… Déjà, j'ai appris qu'il y avait des professionnels de la pelote basque ! Je n'y connais vraiment rien.

François Etcheverry aime bien voir sa femme à la fois contrariée et irritée. Il trouve que cette humeur revêche, à laquelle il a dû s'habituer depuis qu'elle a brillamment réussi sur le tard son concours dans la police, lui donne plus de *chien*. Tout comme ces mèches qui, malgré une douce quarantaine, tendent de plus en plus vers le gris et s'immiscent dans sa chevelure noire. Poivre et sexe.

— Madame Etcheverry, vous ne connaissez donc rien à la pelote ? En plus, avec un nom pareil… Quelle faute de goût ! Tu veux que je te donne quelques bases ?

François prend un verre et la bouteille, les pose sur la table basse du salon et tapote le canapé pour dire à Laurence de venir le rejoindre.

— Déjà, Martin, ou plutôt Mattin, pour nous les Basques, pratiquait la cesta punta, qui se joue dans un Jaï Alaï. C'est un grand fronton fermé dont le sol est appelé la cancha, le terrain, et où on lance la pelote avec un chistera, un long gant en osier. Deux avants et deux arrières se renvoient la pelote sur le frontis, le mur qu'il y a en face d'eux. Mais ils peuvent également jouer sur le mur à leur gauche, qu'on appelle le mur à gauche, et même sur le mur du fond qu'on appelle…

— Le mur du fond ?

— Voilà ! Tu sais presque tout sur la cesta punta et le Jaï Alaï !

— C'est ça, fous-toi de moi... Tu y as beaucoup joué ?

— C'était il y a si longtemps, quand j'étais encore jeune. Il est vrai que j'ai un peu la nostalgie de cette époque et que je ne t'en ai jamais trop parlé. Mais je t'expliquerai tout ça une autre fois, car, là, tu sembles vraiment avoir les nerfs en pelote...

— Ce n'est pas drôle ! En fait, si : ça l'est. Et même fort à propos, comme aurait dit maître Capello. Sinon, mon chéri si rigolo, qu'est-ce qu'on mange... ?

Tandis que François s'attache à essayer une fois de plus de terminer la cuisson d'un *ttoro*, la fameuse soupe de poissons basque dont il tient la recette de sa mère et à laquelle il manque toujours quelque chose (le plus souvent le bouquet garni, et surtout du sel), Laurence se prend à l'observer avec tendresse. Ses cheveux bouclés, ses yeux aux reflets gris, son nez busqué si typique des Basques... et aussi son obstination, depuis qu'il est rentré dans son fief, à cuisiner local. Et un coup de poulet basquaise, et un *axoa* de veau, un autre merlu *koskera* à la sauce verte... avec l'auto-interdiction d'utiliser du piment d'Espelette, trop répandu à ses yeux. S'il en apprécie le goût, François préfère cuisiner avec un autre condiment local, le piment doux d'Anglet. *Biperra.* D'Anglet ou d'Espelette, une chose est sûre : avec François Etcheverry, la vie est toujours bien pimentée.

3

Bien sûr, le plus sage serait certainement de ne pas sortir d'ici, de bouquiner et de regarder la télé (en France aussi, maintenant, ils ont Netflix !). Une petite promenade matinale aux alentours, le temps qu'on fasse sa chambre, suffirait amplement pour donner le change. Combien de clients ne quittent pas, durant tout leur séjour, leur petit douze mètres carrés ? En plus, hormis le trajet hôtel-centre de Bidart et retour, effectué ce matin juste avant l'aube (vingt minutes de stress après s'être perdu, en voulant éviter les grands axes, dans une nouvelle zone industrielle nommée Iraty !), il n'a encore rien vu, rien goûté, rien ressenti des sons, des odeurs et des couleurs de son cher pays quitté il y a un peu plus de trente ans. Il crève littéralement d'envie d'aller se balader dans Biarritz, de prendre un café aux Colonnes, voire de déjeuner en terrasse au Royalty. Après tout, qui parmi ses anciens fans ou amis, reconnaîtrait chez ce monsieur chauve et à la courte barbe blanche le fameux Txiki, double champion du monde amateur et vainqueur de plusieurs compétitions prestigieuses à travers la planète ? Sans parler de l'embonpoint glané durant toutes ces années passées à ruminer dans le salon de son appartement de Fountainbleau. Être français (basque de cœur mais bien français de nationalité) et avoir passé presque toute sa vie d'adulte à Miami dans un trois-pièces sordide d'un condominium nommé Versalles au cœur d'un quartier appelé Fountainbleau ! Encore heureux que les Américains sachent écrire correctement Paris et Nice…

Au moins avait-il fini par fuir ce trou à rats à côté de l'aéroport, où il avait emménagé à son arrivée aux USA et vécu jusqu'à il y a six mois, avant de trouver un deux-pièces dans une petite résidence de Palmetto Bay, au sud de la ville, à quelques centaines de mètres du golfe de Biscayne. Pas vraiment un cinq-étoiles, mais c'était mieux que rien. Et puis, les propriétaires cubains n'avaient vu aucun problème à lui donner les clés après qu'il eut réglé six mois d'avance cash.

Mais là, il avait vraiment envie de sortir de cet hôtel avant son retour à Miami, programmé dans une semaine. Le temps, selon le gars de la mafia, que cela se tasse un peu. « Imagine qu'ils contrôlent tous les passagers de tous les avions et de tous les trains qui sortent de ton coin en France et qu'ils te trouvent ! » Non, il n'imagine pas. Mais il va quand même rester le plus tranquille possible. La voiture de location qui lui a servi à effectuer son court trajet matinal (une Renault Captur ! De son temps, chez Renault, on parlait chiffres : les 4, 8, 12, 16 et autres 21...) est garée sur le parking d'un hôtel voisin. Le petit déjeuner n'est pas servi dans la chambre mais Gérard Dupont a de quoi se nourrir... Patience. Est-il satisfait ? En tout cas apaisé. Gérard Dupont, né à Bordeaux le 12 mai 1969. Bonjour le cliché ! Pour les faussaires de la mafia de Floride, un Français s'appelle Dupont et se doit d'être caviste, boulanger spécialisé en croissants ou, au pire, fabricant de bérets du côté d'Oloron-Sainte-Marie...

Malgré tout, il avait quand même eu une bonne idée de conserver quelques liens avec la mafia de Tampa Bay, qui, à la bonne époque, venait s'encanailler et dépenser ses dollars au Jaï Alaï, du côté de la Trente-Septième Avenue. S'il n'avait pas eu l'autorisation ni l'envie folle de leur parler, il les connaissait alors tous de vue et surtout de réputation : Anthony *Bruno* Indelicato, par exemple… un soir, il avait misé près de cinq cent mille dollars sur une quiniela ! Il avait pris quarante ans de prison et une amende de cinquante mille dollars. Cela devait correspondre aux revenus d'une mauvaise journée. Joseph Massino, Vincent *Vinny Gorgeous* Basciano… il les avait tous côtoyés. Même Donnie Brasco. Pas une seconde il n'aurait imaginé que Brasco, qui débarquait toujours en galante compagnie, les poches bourrées de billets et les doigts farcis de bagouzes, était en fait un agent du FBI infiltré nommé Joseph Pistone ! En 1997, lors de son seul jour de repos de la semaine, il s'était rendu en début d'après-midi au Savoy Cinema voir le biopic racontant son histoire. Al Pacino pour jouer *Lefty* Ruggiero (celui-là, il faisait peur à tout le monde rien qu'en touillant son martini), Johnny Depp, par ailleurs excellent, dans le rôle de Brasco : du très lourd ! Il avait adoré.

Vingt-cinq ans plus tard, en moins de deux heures, il avait retrouvé un *capo* à qui il avait filé un petit coup de main sur un pari des années auparavant, un des derniers mafieux de l'époque encore en vie et libres. Ensuite, il avait juste eu à sortir sa vieille Pontiac du garage, rouler pendant quatre heures de Miami à Tampa, où la majeure partie des associés des familles du crime s'étaient repliés, et trois jours après le gars lui livrait ses faux papiers. Gérard Dupont… Et pourquoi pas Jacques Martin ?

4

— Mattin Gozategui est parti en Floride en 1991. C'était un sacré pelotari ! Gamin, il a tout gagné par ici, donc se retrouver en tant que joueur permanent au Jaï Alaï de Miami était une suite logique, voire une évidence. Mais quand on s'appelle Etcheverry, on connaît tout ça par cœur, non ?

L'haize egoa, ce vent du sud venu d'Espagne en sautant les montagnes, enveloppe toute la côte basque de sa douce chaleur. Laurence s'était installée à la terrasse du restaurant Elissaldia, sur la place Sauveur-Atchoarena de Bidart, à quelques dizaines de mètres du lieu où l'on avait découvert le corps. Pour rencontrer ceux qui, selon les barmen, étaient les deux meilleurs amis du défunt.

Max Sallaberry la titille. La soixantaine, cheveux gris en brosse et manifestement encore en bonne forme. Lui aussi un ex-pro de la pelote. Un des piliers de la seconde génération, partis dix ans avant Mattin Gozategui monnayer leurs talents aux USA, quand ce sport générait encore un énorme intérêt et surtout des paris astronomiques. Max avait joué à Miami, Orlando, Daytona, Jasper, Reddick, Ocala, Fort Pierce, Dania Beach, toutes ces villes touristiques de Floride où des Jaï Alaï rutilants avaient été érigés afin d'attirer non seulement un maximum de touristes mais surtout la population latina de l'État, en particulier les centaines de milliers de réfugiés cubains, nostalgiques de la grande époque où le Jaï Alaï était un sport majeur à La Havane. Max avait également exercé son talent sur les canchas des trinquets du Texas, du Connecticut, à Rhode Island et au Nevada, avant qu'ils soient tous sacrifiés sur l'autel de la rentabilité.

— Etcheverry est le nom de mon mari. François m'a dit qu'il avait joué à la pelote quand il était jeune et m'a expliqué les règles de base de la cesta punta…

— Vous êtes la femme de Patxi Etcheverry ? Il a fait tout son apprentissage ici, au club de Bidart. Qu'est-ce qu'il devient ?

— Il travaille dans l'administration et est allé d'une affectation à l'autre, un peu partout en France, avant que nous nous rencontrions, chez moi, à Amiens.

— Ah… Pas trop de frontons par là-bas. Il est donc revenu au pays…

— Depuis un an environ. Nous habitons Bayonne, quartier des Arènes.

— Et il n'a pas trouvé le temps de venir jusqu'à Bidart pour nous saluer, ce voyou ? Il vous a juste dit qu'il avait pratiqué la pelote, c'est tout ? C'est presque une bonne raison de demander le divorce, ça ! Il était doué, votre François. Peut-être pas au niveau de Mattin Gozategui. Lui, c'était l'un des meilleurs…

Joseph Hiriart, qui jusque-là s'est contenté d'opiner de la tête sans rien dire, s'emporte :

— Avec toi, Max ! Parce que juste devant vous, madame Etcheverry, se tient une des stars de la pelote mondiale ! Lui, le vieil *aitatxi** que vous voyez là, a également joué à Miami, où il a croisé Mattin durant quelques années : Max en fin de carrière et Mattin en pleine ascension. Max Sallaberry, le meilleur arrière du Jaï Alaï de Miami et de Mexico, qui a gravé son nom sur toutes les canchas de la planète !

Joseph boit son verre d'une traite et se renfonce dans son siège, pensif, presque triste.

— Mattin était arrière, comme votre mari. Franchement, on a rarement observé un tel phénomène. Quand il est arrivé au Jaï Alaï de Miami, ils n'avaient jamais vu ça ! C'est aussitôt devenu une star. Et il l'est resté jusqu'à ce qu'il rentre au pays, en 2011. Vingt ans de gloire. On venait le voir jouer de partout aux États-Unis, et même d'autres pays. Les Cubains l'adoraient.

— Il n'est jamais revenu, entre-temps ?

— Si, bien sûr. Il rentrait chaque été afin de disputer les tournois en Iparralde et en Hegoalde. Vous voulez que je vous explique ?

— Non merci, c'est bon : pour l'histoire et les particularités du Pays basque, j'ai déjà mon prof particulier à la maison. Iparralde ou le Pays basque nord, soit les provinces basques situées en territoire français. Hegoalde ou le Pays basque sud, du côté espagnol. Désolée de poser la question de façon si abrupte, mais Mattin Gozategui avait-il des ennemis ?

— Des ennemis, Mattin ? *Dia !* Un type gentil comme lui, toujours prêt à filer un coup de main, qui entraînait souvent les jeunes au fronton du restaurant, juste derrière nous, ou au kirolak, le *mur à gauche* près de l'ancienne gare. Et il ne se contentait pas de la pelote basque : il s'impliquait dans toutes les associations du village. Tenez : comme il avait aussi joué au rugby dans sa jeunesse, il soutenait le BUC, l'équipe locale, et il était le premier, lors des déplacements, à emmener d'autres socios dans sa voiture. Une fois, pour la finale de la seconde montée en Fédérale 3, qui se déroulait à Saint-Martin-de-Seignanx, il avait carrément affrété un autocar pour que tout le village puisse venir supporter l'équipe !

— Oui, c'était contre Soustons et on avait gagné.

— Joseph, je ne pense pas que ça passionne madame. En tout cas, des ennemis, je ne vois pas. Et toi, Jo, t'en penses quoi ?

— Mattin, des ennemis ? Aucun !

— Sinon des jaloux ?

— Bah ! Pas qu'on sache. Il ne la ramenait pas, Mattin. Bon, oui, il avait bien placé un peu d'argent et ça en a énervé quelques-uns. Des parts dans des restaurants, de l'immobilier surtout. Il faut dire qu'il était toujours au courant des bons coups bien avant tout le monde, grâce à ses copains promoteurs. Ici, l'immobilier, c'est le nouvel Eldorado. Les gars se font, pardonnez-moi l'expression, des *potroak* en or.

Laurence sait de quoi il parle. Les prix dans les parages sont quasi inabordables ! Depuis son arrivée dans la région, que ce soit avec les amis de François ou même au boulot, la crise immobilière et ses raisons sont presque toujours au centre des discussions. Manque cruel de logements face à la démographie locale et à l'arrivée de nouveaux habitants, explosion du télétravail, habitations autrefois louées à l'année transformées en meublés pour des sites spécialisés, spéculation effrénée… Sans compter les promoteurs locaux, qui ont bien plus d'intérêt à construire des résidences pour personnes à fort revenu que des logements sociaux ! Et ce n'est manifestement pas près de s'arranger… Malgré leurs salaires assez élevés, François et elle n'ont pas encore pu acheter de maison et tous les deux reconnaissent leur chance d'avoir pu en trouver une à louer.

— Mattin avait-il une femme, des enfants ?

Laurence connaît déjà la réponse mais souhaite laisser venir.

— Non, ni femme ni enfants. Des petites amies, plein… jusqu'à ce qu'il revienne avec cette jeune Américaine. Tu t'en souviens, Joseph ? Bien mignonne. Mais, l'été après qu'il s'est posé ici avec elle, elle s'est noyée. La pauvre. Là, juste en bas, à la plage d'Erretegia. Mattin se baignait à ses côtés mais il n'a rien pu faire. Des surfeurs ont réussi à la ramener, mais c'était trop tard.

Laurence se lève.

— Merci, messieurs. Ravie de vous avoir rencontrés. Je vous tiendrai au courant des avancées de l'enquête.

— C'est avec plaisir, madame Etcheverry. Parce que Mattin, il était comme notre petit frère. Il nous manque déjà beaucoup. Pas vrai, Joseph ?

5

Laurence a rejoint sa voiture, garée un peu plus haut. Elle n'a plus qu'à rentrer au commissariat afin de noter tout ce qu'elle vient d'apprendre sur Gozategui. Ainsi donc, ce sport était très populaire aux USA… Elle n'en avait aucune idée. Merci, François ! Il est vrai qu'avant leur discussion de la veille les sports basques n'avaient jamais figuré parmi les sujets de prédilection de leur couple, mais quand même… De plus, il semblait être très doué… Il faudra qu'elle lui demande pourquoi tous ces mystères. Martin Gozategui, donc. Ou plutôt Mattin. Si Laurence veut se fondre dans le paysage, elle devra en adopter les us et coutumes, comme cette habitude bien ancrée d'user de surnoms et de diminutifs. L'enquête préliminaire lui avait révélé que Mattin Gozategui avait une femme américaine qui s'était noyée. L'enquête officielle rejoint donc l'histoire locale.

Le GPS indique que la plage d'Erretegia n'est qu'à une centaine de mètres, Laurence décide de s'y rendre. Elle n'y est jamais allée : François étant un Bayonnais pur jus, seules les plages d'Anglet trouvent grâce à ses yeux. Les Sables, la Chambre… Il a fallu un certain temps à Laurence pour comprendre qu'il s'agissait des diminutifs de la Chambre d'Amour et des Sables d'Or, situées sur la partie du littoral le plus au nord de la langue de sable de près de cinq kilomètres définissant les plages angloyes. Quelle crise de rire quand il l'a emmenée pour la première fois à… la Madrague ! Oui, comme la maison de Brigitte Bardot à Saint-Tropez ! Elle divague, elle divague…

Jamais elle n'aurait imaginé que le village de Bidart, pourtant à quelques minutes de chez elle, pouvait s'enorgueillir d'un lieu comme la plage d'Erretegia. Surtout après avoir plusieurs fois traversé l'entrée du bourg, une grande zone commerciale hideuse rassemblant, des deux côtés de la route, des magasins de meubles, de literie, de sport, ainsi que quelques supermarchés, le tout agrémenté de grands panneaux publicitaires. Au début, lorsqu'elle était arrivée dans la région, elle pensait que Bidart se résumait à ça. Il avait fallu qu'elle se décide un jour à emprunter la route menant au centre du village et aux plages pour succomber à son charme.

Laurence coupe le moteur et reste estomaquée devant tant de beauté. Un superbe cirque boisé aux collines couvertes de landes de bruyères et de pins maritimes s'offre à elle. La plage d'Erretegia est un coquillage de verdure, bordé par un océan à la couleur surnaturelle, un bleu carrément turquoise semblant tout droit inspiré de la mer des Caraïbes ! Et ce petit miracle sur la côte basque ! Quelle découverte !

C'est donc là que la femme américaine de Gozategui a trouvé la mort... Rien ne permet aujourd'hui de lier les deux décès, mais le tableau idyllique qu'on lui a dressé jusque-là de la vie du champion de pelote semble présenter quelques taches sombres. Laurence n'aurait jamais imaginé qu'il y avait tant d'argent en circulation dans ce jeu. D'ailleurs, elle n'imaginait pas non plus qu'il se pratiquait ailleurs que dans le Pays basque. Un concurrent aurait-il voulu régler un vieux compte ? Et ces parts que Gozategui avait dans des restaurants, des hôtels, tous les investissements immobiliers qu'il avait effectués sur la Côte...

Cette enquête sur le champion de pelote avance bien lentement. La piste immobilière est à creuser. Beaucoup d'argent circulait dans ce milieu, et que quelqu'un veuille se venger demeure une possibilité.

Dès son retour au commissariat à Bayonne, Laurence demandera à Jules de creuser un peu plus de ce côté. Vu qu'il semble avoir des soucis pour se loger, il n'en sera que plus motivé.

6

— Ça va, Jules ? Tu as un peu avancé ?

En arrivant au commissariat, Laurence se doutait bien que le jeune inspecteur serait encore là, à attendre son retour. Un super gamin, ce Jules Gosselin. Gamin, pas vraiment. Même si, malgré ses vingt-sept ans, il en paraît dix-huit. Né à Toulon, licence en droit, un carton aux tests d'admissibilité, parmi les meilleurs lors des deux ans de formation de la police à Saint-Cyr-au-Mont-d'Or, puis directement affecté au commissariat de Bayonne. Et le voilà sous ses ordres, bosseur, calme, obstiné, vraiment sympa. Et surtout pas chieur. Elle sait qu'elle ne devrait pas le tutoyer, mais il pourrait presque être son fils.

— Non, rien de tangible pour le moment. Je me suis juste un peu renseigné sur Gozategui via Internet. Et vous ?

— J'ai passé un bon moment avec ses deux meilleurs amis, qui m'ont offert un cours sur la cesta punta. Sinon, ils m'ont appris que Gozategui était pas mal impliqué dans l'immobilier local, et m'ont confirmé que c'est un sujet plutôt sensible dans la région…

— C'est certain ! Même avec mon salaire d'inspecteur débutant et mon statut de fonctionnaire, je n'arrive pas à trouver un appartement à l'année. Fin juin, je dois quitter le deux-pièces d'Anglet dans lequel je vis parce que le propriétaire le loue à la semaine et à prix d'or durant les deux mois d'été via une plateforme spécialisée… Je vais donc emménager dans un mobile home d'un des campings de Bidart jusqu'à fin septembre. Pas le choix. Et croyez-moi, je suis bien content de l'avoir trouvé, même s'il coûte une fortune !

— Incroyable ! Je comprends mieux les manifestations contre les locations saisonnières et les logements inoccupés ! Tiens, justement : je voudrais que tu examines les comptes en banque de Gozategui et surtout ses activités immobilières.

— Bien, chef ! Peut-être que par la même occasion je me trouverai un cinq-pièces avec vue sur la mer pour trois cents euros…

Laurence descendit à l'accueil du commissariat : rien de tel que l'avis des flics de terrain pour tenter de percer les mystères du quotidien. Et là, elle tenait un sujet propice à faire bouger leurs neurones et surtout remonter leurs expériences. Si à son arrivée il y avait eu quelques réticences à ce qu'une femme occupe un poste d'inspecteur, la paix s'était désormais installée. Elle avait bien compris que les solliciter le plus souvent possible ne pouvait que, sinon les toucher, au moins les flatter. Et aujourd'hui, elle avait vraiment besoin d'eux.

— Brigadier, j'enquête sur le décès à Bidart, avant-hier matin, sur la place du village. Qui était de service ?

Un des gardiens de la paix reposa sa fourchette dans un Tupperware et se leva.

— Moi, madame. Avec Bapst, mon collègue juste là. Nous avons été appelés sur place un peu après sept heures du matin. Place Sauveur-Atchoarena à Bidart. C'est l'employé du bar du Fronton qui a trouvé le corps au moment de l'ouverture de l'établissement. La personne décédée était allongée sur le fronton, quasiment devant la porte de service.

— Vous avez manifestement pu établir rapidement l'identité de la victime ?

Vu qu'elle était allongée sur le dos, le sous-brigadier Bernard Etchepare, natif de Bidart et amateur de pelote, n'avait eu aucun mal à la reconnaître. Mattin Gozategui. Neuf titres de champion du monde de cesta punta, vainqueur à d'innombrables reprises du Gant d'Or de Biarritz et des Internationaux de Saint-Jean-de-Luz, sans compter toutes les autres récompenses glanées sur les canchas de Mexico City, du Connecticut, de Las Vegas et de Floride.

— Oui, bien sûr, madame. Mattin Gozategui. Dans le coin, tout le monde le connaît. Il était bidartar, comme moi. Nous avons interrogé le jeune gars, l'employé qui l'a trouvé et qui nous a appelés. La victime venait presque chaque matin y prendre son café avec deux de ses amis, mais toujours un peu plus tard dans la matinée.

— L'autopsie a déterminé qu'il était certainement mort d'un coup porté à la tempe droite. Avez-vous vu ou trouvé quelque chose ?

— Non, madame. Nous avons quadrillé la place, mais nous n'avons rien découvert de suspect. Tout est dans le rapport.

— Oui, je l'ai lu, mais j'espérais quand même. Merci, messieurs.

7

Il a craqué. Il s'est attablé chez Dodin, le glacier de la Grande Plage de Biarritz. Plus d'un quart de siècle qu'il rêvait de ce moment. Toute son enfance, et surtout son adolescence lui reviennent comme une vague déferlant sur la grève qui s'étend devant lui. Les journées sur le sable entrecoupées de bains et de sessions de surf dans l'océan, les après-midi entre potes au Milk Bar, le rendez-vous des surfeurs, avant d'aller se défier au bowling, alors juste au-dessus de la piscine municipale.

Bien sûr, aujourd'hui, il n'a pas emprunté sa voiture de location, préférant se rendre à pied du quartier de l'aéroport, où se trouve son hôtel, jusqu'au centre-ville puis à la Grande Plage. Première surprise : la ferme juste en face de la piste d'atterrissage, le long de la RN 10, existe toujours ! Quant à la borne routière trônant au croisement, elle indique qu'il s'agit dorénavant de la départementale 810. Qu'importe : pour lui, cela restera à jamais la nationale 10. En longeant le petit cimetière de Ranquine, il se rappelle soudain l'inhumation de Daniel Balavoine, quelque temps avant qu'il ne parte pour les USA. 1985 ? Plutôt 1986. Il faisait un temps très doux pour une mi-janvier. Il s'y était rendu car le chanteur, qui passait le plus de temps possible dans le coin, était venu plusieurs fois, avec son frangin Guy, le voir jouer au sein de l'équipe de France. Juste devant lui, dans le cimetière, il y avait plusieurs vedettes dont Michel Berger et Jean-Jacques Goldman. Que sont-ils devenus ? Ont-ils encore du succès aujourd'hui ?

En arrivant en bas de l'avenue Foch, il a pu constater que le magasin de disques Nazeyrollas existait toujours, contrairement au Shop 33-45, alors installé presque en face. Combien d'argent y avait-il dépensé en vinyles ? Tandis que ses copains se laissaient alors tenter par la new wave anglaise et ses chanteurs peroxydés, lui était toujours resté fidèle au bon gros rock qui tache. Aerosmith, Van Halen, Guns N' Roses… Et puis le rock basque. Un véritable courant inspiré par le mouvement punk. Il avait ses groupes fétiches : Errobi, les précurseurs, Kortatu, Itoiz, formé de musiciens du Sud et du Nord et dont les textes étaient exclusivement en euskara.

Tout à l'heure, il n'a pas osé entrer, chez Nazeyrollas, de peur d'une mauvaise rencontre. Et si le fils, Pierre, alias la Mouche, y travaillait toujours et le reconnaissait ? De toute façon, il trouvera des infos sur ces anciens chanteurs sur Internet. En attendant, assis à l'une des tables les plus reculées de la terrasse, coiffé de sa casquette des Miami Dolphins (pas près de remporter le Super Bowl, ceux-là !), les yeux cachés par de larges lunettes noires, il tente de savourer ce moment. Il est sur la Grande Plage de Biarritz ! Sur la promenade déambulent beaucoup plus de surfeurs pressés de ne pas rater la bonne marée, et encore plus de retraités nonchalants… Des travaux ont été effectués tout autour, des parkings érigés. On ne peut plus se garer tout autour, mais ce n'est pas plus mal.

— Garçon ? Vous avez des cocktails ? Avec alcool ? Je vais prendre un Moscow Mule… Sinon, vous proposez toujours votre roulé au citron ? Et le financier aux pistaches ? Alors un de chaque. Merci.

Pas question de se laisser abattre !

8

Le jeune inspecteur Jules Gosselin n'a eu aucun mal à trouver : l'association Garestiago Euskal Herria (« Pays basque trop cher ») a pignon sur rue, au cœur du quartier du Petit Bayonne. Les murs de la petite permanence sont, comme il se doit, recouverts d'affiches et de posters nationalistes. Écrits en basque, bien sûr. Pourtant, Jacques et Maialen, qui le reçoivent, ne ressemblent en rien à des militants survoltés et exaltés. Jules l'avait déjà senti au téléphone, quand Maialen lui avait proposé de passer au local. Calmes et pondérés, tous deux dans la quarantaine, ils semblent avoir manifestement autant l'habitude de squatter les pages des journaux locaux que de recevoir les visites de la police. Mais bien que légèrement sur leurs gardes, ils ne s'attendaient pas à être questionnés sur la mort de Mattin Gozategui.

— Gozategui ? On a vu ça aux infos régionales, comme tout le monde…

Lors de ses recherches, Jules était rapidement tombé sur une pierre d'achoppement entre le pelotari et l'association. Cinq ans auparavant, les sympathisants avaient tapissé d'autocollants *Le Pays basque n'est pas à vendre* la grande boîte aux lettres de l'ancienne maison bourgeoise que Gozategui avait achetée à Guéthary pour la découper en petits appartements destinés à la location. Il n'avait pas porté plainte et les autorités avaient laissé couler. Jusqu'à ce qu'un matin il soit averti par un voisin que toute la façade de la maison avait été taguée durant la nuit avec l'inscription *Euskal Herria ez da salgai – le Pays basque n'est pas à vendre*. Là, Gozategui avait porté plainte, une enquête avait été menée et avait tout naturellement abouti chez Garestiago Euskal Herria. La confrontation avait été houleuse, les militants apostrophant l'ex-sportif devant les micros des radios et les caméras des télévisions.

— Oui, on l'a affronté, jusque devant les tribunaux. Mattin Gozategui était un traître à sa patrie. Notre fonction, notre moteur, est de venir en aide aux classes populaires, particulièrement frappées par la crise du logement, au moyen de coups d'éclat et d'actions d'occupation si c'est nécessaire. Oui, nous voulons que le logement social soit garanti, que les loyers soient plafonnés, que les logements vacants soit réhabilités, mais aussi et surtout que cette folie des résidences secondaires se termine. Et que fait Gozategui ? Il rachète l'une des rares demeures getariar habitées à l'année et la morcelle en appartements de luxe pour riches vacanciers !...

— Et ce n'est jamais allé plus loin ?

Médusé par la question, le couple prend le parti d'en sourire.

— Vous insinuez quoi ? Qu'on l'aurait tué ? Parce qu'en plus il est mort assassiné ? Écoutez, inspecteur. Nous, ce qu'on désire, c'est avant tout que les locaux, en particulier les jeunes, puissent se loger dans leur Pays basque natal. Nous ne sommes pas des tueurs, des justiciers, ou quoi que ce soit que vous pouvez imaginer. D'ailleurs, on le laissait tranquille depuis qu'il s'était engagé à construire des logements sociaux avec son associé, le promoteur Roger Maldaï...

— Ils l'ont fait ?

— Vous plaisantez ?

Au commissariat, Laurence et Jules sont penchés sur la liste des suspects possibles. Ils ont déjà éliminé les deux vieux amis de Gozategui, Sallaberry et Hiriart. Quel intérêt auraient-ils eu à tuer leur alter ego, un homme avec qui, selon le barman de leur troquet favori, ils partageaient le café du matin dans un cérémonial quasi immuable : installés à la petite table du fond, Mattin sur la banquette, en face de lui Max et Joseph, trois amis pour qui les sports locaux n'ont absolument aucun secret (hormis le surf, « le truc des gars bronzés qui passent leur temps à la plage, faut pas déconner non plus »). Et c'était parti pour une heure minimum, sans mi-temps, de commentaires sur les équipes locales de rugby : le Biarritz Olympique (au fait, ils montent ou ils descendent, cette année ?), l'Aviron bayonnais (ils descendent ou ils montent ?), le Saint-Jean-de-Luz Olympique Pays basque (eux, ils vont rester en Nationale), mais aussi et surtout le BUC. Le Bidart Union Club. Tous trois y avaient joué, mais pas à la même époque. Mattin troisième ligne et les deux autres piliers, quand le terrain était encore posé en bordure d'océan et que, souvent, les rafales de vent d'ouest emportaient le ballon jusque sur la nationale.

Jules avait également tenté d'en savoir un peu plus sur le petit milieu local de la pelote basque.

— Franchement, tout le monde semblait l'aimer, ce type. Il paraîtrait qu'il s'est quand même créé quelques fortes inimitiés à Miami, mais on m'a expliqué que c'était tout à fait normal. C'est la guerre, là-bas. Les types jouent par paires, choisies via un ordinateur, et donc, quand vous perdez, vous entraînez votre partenaire dans la défaite. Le souci, ce sont les parieurs. Ils mettent de l'argent sur vous, et si vous perdez trop votre cote descend, et ainsi de suite jusqu'à…

— Tu as des noms, des événements précis ? le coupe Laurence.

— Non, madame. Je n'ai pas encore eu le temps de trop creuser. Mais j'ai appris que c'est un sport super physique et même parfois dangereux. Saviez-vous que la pelote peut atteindre une vitesse de près de trois cents kilomètres/heure ? Si vous la prenez dans la tête, ça peut vous tuer en un millième de seconde…

— Tu peux répéter ce que tu viens de dire ?

9

Elle a pris son numéro, elle en est certaine. Pas dans la mémoire de son téléphone. En douze ans de carrière, elle y a déjà accumulé des centaines de numéros de portables dont elle ne sait plus qui sont les propriétaires. Bien sûr, la plupart sont souvent couplés à des noms, mais qui correspondent à des enquêtes bouclées depuis bien longtemps, lors de ses anciennes affectations, au Havre, puis à Amiens. Celui-là, elle l'a noté, elle en est certaine. Réfléchis, Laurence… Sur un bout de papier au fond de son sac à main, posé sur son bureau ? Sur le rapport d'autopsie de la femme de ménage d'Anglet, qu'elle se promet de ranger depuis une semaine (un crime plutôt horrible, au passage) ?… Sur la facture d'électricité de la maison (oui, comme d'habitude, elle est en retard pour le paiement : elle réglera tout ça par Internet ce week-end) ? C'est ça ! Tout en haut à gauche, à côté de son numéro de client…

— Monsieur Sallaberry ?... Laurence Etcheverry à l'appareil... Excusez-moi de vous déranger, j'ai une question un peu abrupte à vous poser... Vous préférez que je passe chez vous ?... Oui, j'ai de quoi noter... Alors, à tout de suite.

Une demi-heure plus tard, Laurence grignote un sablé du Moulin de Bassilour assise dans le canapé du salon de Max Sallaberry. Pas vraiment la pièce témoin du salon Maison&Objet 2023. Des meubles certes de qualité, mais d'un style quelque peu dépassé. « Moche et faux bois », dirait François, qui aime bien détourner les noms des grandes enseignes. Sur le mur en face d'elle, des photos de Max en action, d'équipes de pelotaris, ainsi que des souvenirs made in USA : là une plaque d'immatriculation de la Floride, ici un poster de la Chevrolet Corvette, sous un diplôme que, de là où elle est, elle n'arrive pas à déchiffrer...

— Impossible ! Peut-être une chance sur un million. Figurez-vous qu'il y a quelques années de ça, j'ai été invité à un concours pour la télé : chacun avec l'objet correspondant à sa spécialité devait tenter d'atteindre des cibles disposées à vingt, trente ou cinquante mètres. Et si les gars avec leurs fusils, leurs arcs ou leurs frondes ont tous fait un carton, moi avec mon chistera je n'en ai pas mis une ! Pourtant, je vous assure que je m'étais entraîné ! Ici, sur le fronton. J'avais tout le village derrière moi, mais bon… je n'ai pas réussi.

— Vous excluez donc totalement que quelqu'un ait pu atteindre votre ami Mattin à la tempe en lançant une pelote depuis, par exemple, l'autre côté de la place ? On m'a pourtant dit que ces balles sont tellement dures qu'elles ont déjà salement blessé des joueurs et que c'est pour cela que les pelotaris sont tous casqués…

— Je n'exclus rien, mais ça me paraît totalement invraisemblable. Il faudrait déjà que le type soit un incroyable lanceur, et donc qu'il figure sans conteste parmi les meilleurs pelotaris de la planète.

— Justement, vous qui les connaissez tous, cela fait combien de suspects… Je veux dire de personnes ?

— Sans les anciens… Allez, une bonne cinquantaine.

— Ah oui, quand même !

À l'air plutôt enjoué de Laurence à son retour, Jules comprend qu'elle a certainement une nouvelle constructive à lui annoncer.

— Mon cher Jules, tu as tapé dans le mille. Tu m'as dit tout à l'heure qu'une pelote de cesta punta pouvait tuer quelqu'un. Eh bien, je suis presque certaine qu'on tient là l'arme du crime. Mattin Gozategui a été assassiné avec une pelote lancée par un chistera. Le meurtrier a ensuite ramassé la pelote avant de s'enfuir…

— Sérieusement ? Incroyable ! Et vous venez d'en avoir confirmation…

— Pas du tout ! Au contraire, Max Sallaberry, son ami et lui aussi ancien pro de cesta punta, m'a certifié que c'était quasiment impossible. Mais je suis persuadée que nous sommes sur la bonne voie.

Jules regarde Laurence d'un air ahuri. Elle plaisante ?

— Tu me répertories tous les joueurs capables d'un tel geste technique, c'est-à-dire tous les pros. Commence par ceux de nationalité française, on élargira après. M. Sallaberry m'a dit qu'il devrait y en avoir une cinquantaine. Je veux avoir quelques biscuits supplémentaires avant de présenter tout ça au divisionnaire. Allez, au boulot !

— Bien, chef. Oui, chef. Merci, chef.

— Jules, ne fais pas trop le clown avec moi, ou je demande à mes supérieurs de te coller à la circulation. Une petite fin de match un samedi soir devant le stade Jean-Dauger, ça t'irait ?

10

— Alors, qu'as-tu appris ?

Attablés à la terrasse de la brasserie des Arènes (une salade végétarienne pour elle et des chipirons sautés à la ventrèche pour lui), Laurence et Jules chuchotent pour ne pas éveiller les oreilles indiscrètes des habitués, personnel et avocats du palais de justice tout proche, venus comme eux déjeuner.

— Vous m'avez demandé de répertorier la crème des pelotaris de cesta punta. M. Sallaberry m'a fourni des listes et des registres. J'ai d'abord éliminé les plus vieux et les plus jeunes, puis j'ai cherché ceux qui avaient croisé la vie du défunt, ces dernières années mais aussi au début de sa carrière.

— Et ?

— Il y en a pas mal, mais pour la majorité il est très improbable, parfois même impossible, qu'ils soient capables d'une telle prouesse. Par contre, je sais dorénavant que Gozategui n'est pas parti seul à Miami en 1991. Ils étaient quatre, tous environ du même âge. Leur surnom de l'époque était « les Quatre Fantastiques », comme les héros Marvel. Il y avait un autre arrière, Xabi Fagalde, et deux avants, Hervé Lecuona et Albert Lezcano.

— Que sont-ils devenus ?

— Xabi Fagalde est rentré au pays il y a une quinzaine d'années, un peu avant Gozategui. Il est conseiller municipal à Bidarray. Il y a créé une maison d'hôtes dans l'ancienne demeure familiale et s'occupe aussi du fronton. Lecuona est retourné lui aussi dans son village, près de Saint-Jean-Pied-de-Port, mais je n'ai pas encore pu le borner. Par contre, impossible jusqu'à maintenant de localiser Lezcano. Selon les renseignements que j'ai pu glaner, il serait toujours à Miami.

— OK, Jules. Nous n'avons aucune idée de l'assassin ni vraiment de sa méthode, mais on va déjà explorer cette piste, qui semble pour l'instant la plus simple. Puis on continuera de fouiller dans le milieu de la pelote, en tout cas autour de Gozategui. Continue de chercher le troisième, celui qui vivrait encore à Miami, et trouve-moi rapidement les coordonnées des deux types qui sont rentrés au pays. Lecuona et Fagalde, c'est ça ?

— Oui, madame Etcheverry.

— C'est ça, continue à jouer au crétin. D'ailleurs, pour ta gouverne, Etche signifie « maison » en basque. Etcheverry veut dire « maison neuve » et Etchebest, tu sais, le cuisinier de la télé, « maison de derrière ». Si tu veux en savoir plus sur les noms basques, tu demandes direct à mon mari, qui se fera un plaisir de tout t'expliquer. Prêt pour le dessert ? Il y a du fromage, de l'*ardi gasna*, avec de la confiture de cerises.

11

— Tu pars à Bidarray ? Je n'ai pas encore eu le temps de t'y emmener. Va voir l'église Notre-Dame-de-l'Assomption et aussi les deux ponts, le Noblia et le pont d'Enfer. Et puis la grotte du Saint-qui-sue ! Ce n'est pas loin du centre du village.

Comme si elle s'y rendait pour faire du tourisme ! Pour François, chaque lieu du Pays basque impliquait une excursion, chaque sentier de la contrée une expédition. En un an, ils avaient visité plus de lieux emblématiques de sa région qu'un voyagiste dans le double de temps. Ascain, Ainhoa, Sare, La Bastide-Clairence, la villa Arnaga à Cambo, les grottes d'Isturitz et d'Oxocelhaya… Il y eut aussi la tombe de Luis Mariano dans le cimetière d'Arcangues. Luis Mariano ! Un chanteur d'opérette décédé avant sa propre naissance ! Elle avait néanmoins concédé que le village était charmant et la vue sur le golf très apaisante.

La rapide enquête de personnalité effectuée par Jules semblait disculper totalement Xabi Fagalde. Surtout, au dire de témoins qui le côtoyaient tous les jours, hormis lors d'une remise de prix quelques semaines auparavant il n'avait plus touché de chistera depuis plus de quinze ans, se contentant de quelques parties de *pala** pour entretenir sa forme.

Le Bidarraitar lui a donné rendez-vous devant l'église et l'a entraînée d'un bon pas sur une petite route bordée d'anciens murs de pierre sur lesquels se faufilent de petits lézards jusqu'aux rives du Bastan, la rivière naissant *de l'autre côté* et traversant le bourg avant de venir se jeter dans la Nive. Comme Max Sallaberry, Xabi Fagalde est un solide gaillard, trapu, avec un visage sombre et marqué, souligné de deux yeux bleus perçants. Au début de leur promenade, Laurence lui a exposé la situation et surtout l'hypothèse que Gozategui pourrait avoir été tué par une pelote heurtant sa tempe à pleine vitesse. Avant de donner son opinion, le pelotari retraité a tenu à lui raconter en quelques traits la vie d'un joueur basque exilé à Miami. L'arrivée suite à la lettre d'engagement du propriétaire du Jaï Alaï, l'aide éventuelle des joueurs déjà présents pour se loger, trouver une voiture et autres commodités, puis la réalité de la cancha : cinq parties par jour de quatorze à dix-sept heures, plus les soirées du vendredi et du samedi. Quatre joueurs tirés au sort en piste, qui disputent des quinielas, un système hérité des courses de chevaux et de lévriers : partie en sept points sur le principe de la mort subite, le pelotari perdant le point sortant immédiatement pour attendre son tour en prison, le petit réduit grillagé aux bancs en bois peints de rouge sang. Certes il y a la passion du jeu, le plaisir d'être payé pour le pratiquer, jusqu'à ce que cela devienne une routine, un job *normal* qui finit par gâcher l'ivresse du sport et même les gains éventuels. Et encore : de son temps, c'était l'âge d'or, dix mille spectateurs-parieurs dans les gradins, un million de dollars pariés dans une soirée et des primes importantes. Aujourd'hui, les frontons américains ferment les uns après les autres, et le Miami Jaï Alaï n'est plus que l'ombre de lui-même.

Fagalde se tait, Laurence le laisse se perdre dans ses pensées. Il semble être retourné à Miami et elle avance à ses côtés en silence, profitant de la vue, des rayons du soleil. Puis, subitement, il revient à la réalité et se tourne vers elle.

— Puisque j'ai cru comprendre que la raison de votre visite est avant tout de me demander mon avis…

Il est possible de tuer quelqu'un avec un chistera et une pelote. Très difficile, totalement aléatoire, mais possible. Combien de pelotaris en sont capables ? Une poignée. J'imagine que vous êtes déjà allée voir Max Sallaberry et qu'il vous a dit la même chose…

— J'avoue qu'il était plutôt sceptique. Mais Hervé Lecuona et Albert Lezcano le pourraient-ils ?

Le Basque semble hésiter entre stupéfaction et éclat de rire.

— Pourquoi vous pensez à eux ?

— Parce que j'ai appris que vous formiez les Quatre Fantastiques, que vous étiez tous très proches et que vous êtes partis à Miami au même moment. Également parce que je préfère éliminer tout de suite les pistes les plus simples.

— C'est exact : nous avons tous fait carrière à Miami, mais c'était il y a trente ans et pour jouer à la pelote, pas pour devenir tueurs à gages. Quelle idée… J'ai d'ailleurs vu Hervé il y a quelques jours. Je suis allé lui acheter quelques bouteilles de vin pour ma maison d'hôtes qui se trouve juste derrière nous, près du pont d'Enfer.

— Il est caviste ?

— Hervé ? Il possède un vignoble non loin d'ici, à Irouléguy. Un vrai bosseur. Figurez-vous qu'en rentrant au pays il a trouvé que le produit des vignes familiales n'était pas assez qualitatif, alors il a arraché presque tous les plants un par un pour replanter en cabernet franc. Un boulot de cinglé. Mais maintenant, ses vins sont réputés dans le monde entier.

— Et Albert Lezcano ?

— Txiki ? Je n'ai aucune nouvelle depuis quinze ans, je crois qu'il est toujours à Miami.

— Il était comment ?

— Un petit gars, comme son surnom l'indique, mais qui possédait la force et l'adresse nécessaires pour devenir un des meilleurs avants de la cesta punta.

— Ce ne fut pas le cas ?

— Il ne s'est jamais épanoui dans le jeu à l'américaine et ses quinielas. Albert, c'est un joueur de fond, particulièrement à l'aise sur la longueur, dans les parties en trente-cinq points telles qu'on les pratique traditionnellement.

— Et vous ne l'avez jamais revu ? Vous ne vous êtes jamais écrit, téléphoné ? Pourquoi, après avoir été si proches ?

— Déjà, à Miami, nos relations n'étaient pas toujours simples.

— Entre vous deux ?

— Non : entre Albert et presque tout le monde. Surtout avec Mattin. Les deux ne se sont jamais vraiment entendus. Mattin ne voulait pas l'avoir comme partenaire à l'avant, et quand l'ordinateur les réunissait pour une quiniela, il faisait la gueule. Il avait alors plus de chances de perdre, de se retrouver sur le banc et, au final, de voir sa propre cote baisser et d'être moins payé. Ça a duré comme ça des années, jusqu'à ce que le système parte en vrille et que tout le monde quitte le navire pour retrouver son pays d'origine. Moi le premier, puis Hervé Lecuona, enfin Gozategui. Txiki est resté, tout seul dans l'appartement que le Miami Jaï Alaï lui avait déniché à son arrivée. Comme à nous tous, dans ce quartier glauque autour de l'aéroport qu'Hervé, Mattin et moi avions tous rapidement quitté pour des coins plus agréables. Txiki était quelque part une sorte de loser, un vrai, aigri, souvent cassant et désagréable, mais on le supportait, voilà tout. Après, de là à imaginer qu'il ait voulu tuer Mattin et surtout qu'il ait échafaudé ce plan carrément improbable, puis qu'il l'ait mis à exécution… C'est totalement invraisemblable. Vous voulez son adresse là-bas ? Je dois encore l'avoir dans mon agenda…

— Je veux bien. Sinon, vous connaissiez la femme de Mattin Gozategui ?

— Karin ? Bien sûr. D'ailleurs, si je me souviens bien, c'est Albert qui l'avait présentée à Mattin. Mattin et moi étions restés très amis après notre aventure américaine, et j'étais ravi quand il est rentré au pays avec elle. Ils vivaient déjà ensemble à Miami, dans un appartement près de la plage. Nous nous retrouvions souvent ici ou à Bidart, mais elle est décédée rapidement après leur retour, par noyade. Mais j'imagine que vous êtes déjà au courant.

— Une dernière question : vous excluez donc qu'Hervé Lecuona ou Albert Lezcano aient pu tuer Mattin Gozategui ?

— C'est absurde ! Et moi ? Je ne figure pas parmi les suspects ?

— Vous êtes bien sûr dans notre liste de potentiels suspects, mais à ce point de l'enquête nous n'avons rien qui puisse étayer cette option. Merci de m'avoir reçue dans votre beau village.

12

Une vraie galère, d'obtenir des renseignements de la police américaine ! Heureusement, un ex-collègue du Havre, qui avait étroitement collaboré avec les flics du comté de Miami-Dade sur une grosse affaire de cocaïne planquée dans des voitures anciennes envoyées par containers climatisés dans le port normand, avait pu établir le contact. Les infos venaient de leur parvenir : Albert Lezcano était arrivé aux USA en septembre 1991 avec un permis de travail signé du Miami Jaï Alaï. Il avait obtenu la double nationalité en 2002. Rien à signaler sur l'individu, hormis quelques amendes routières. Les flics floridiens avaient aussi rendu une petite visite à son domicile : Albert Lezcano avait quitté sa petite résidence voici plus de six mois. Depuis, aucun voisin ne l'avait aperçu. Le Basque s'était évaporé. En souvenir de la belle collaboration Miami-Le Havre qui leur avait permis d'arrêter onze personnes et de récupérer un peu plus d'une tonne de cocaïne (dissimulée entre autres dans les portières d'une Dodge Charger Daytona modèle 1969), les Américains avaient ensuite poussé l'entraide jusqu'à consulter les données de sorties en avion du territoire américain sur l'année écoulée. Aucun Albert Lezcano enregistré. Laurence avait alors elle-même contacté la police de l'air et des frontières. Même réponse. Aucun Lezcano Albert, en provenance des États-Unis ou d'ailleurs, n'avait posé les pieds en France.

Pour l'inspectrice, si rien ne prouvait encore que Lezcano soit impliqué dans l'affaire, les faits étaient quand même quelque peu troublants. Pourquoi ce type semblant mener une vie tranquille et sans aucun antécédent judiciaire disparaîtrait-il soudain de chez lui sans laisser la moindre trace sur les radars ? Jules émit l'idée qu'il avait peut-être tout simplement déménagé dans un autre État. C'est grand, les États-Unis ! La Floride ne lui plaisait peut-être plus. Il avait aussi pu émigrer au Canada.

Laurence balaya la suggestion d'un geste. Il était en tout cas lié à la victime. Leur jeunesse à Bidart, leur départ pour les USA, leurs années au Jaï Alaï de Miami, la femme de l'un présentée par l'autre. De plus, selon Fagalde, Mattin et Albert ne s'aimaient pas. Hervé Lecuona pourrait peut-être lui en dire plus.

13

En toute fin de soirée, juste avant le crépuscule, il avait récupéré sa *superbe* Renault Captur deux tons avec intérieur tout plastique garée au fond du parking de l'hôtel Première Classe situé dans le même secteur que le sien. La virée dans Biarritz s'était si bien déroulée : pourquoi avoir peur ? Et surtout de quoi ? De plus, dans l'édition « Pays basque » du journal *Sud-Ouest* qu'il avait récupérée dans le hall de l'hôtel, la mort de Mattin Gozategui était bien sûr mentionnée, mais l'article parlait d'une cause de décès inconnue, probablement naturelle. Alors, destination Bidart ! Déjà pour tenter, si possible, de retrouver la pelote. Après le lancer, il l'avait regardée sans broncher rouler tout doucement sur les pierres polies toutes neuves de la place, puis prendre de la vitesse dans la pente, avant de disparaître en contrebas. Quel con de ne pas avoir réagi ! Une erreur de débutant, alors qu'il venait d'effectuer le plus beau lancer de sa carrière. Dans le mille ! La peur d'être surpris ? À six heures du matin, il y a rarement quelqu'un dans le coin, et il le savait bien avant de planifier son coup.

S'il n'y avait débarqué qu'à l'âge de quatorze ans, quittant son village de Tardets, situé à plus d'une heure de route de la côte, au cœur de la Haute-Soule, pour pouvoir bénéficier du coaching (à l'époque, on disait « profiter des connaissances ») du célèbre champion André Oxandaburu, c'est bien à Bidart qu'il s'était construit et qu'il avait bâti ses plus beaux souvenirs. Bidart, fier de la Kostakoak, le fameux club de pelote du village, celui des légendes, les Michelena et autres Belascain. Ces interminables parties de pala, en haut, sur le fronton du village, puis de cesta punta sur le grand fronton, juste un peu plus bas, au bord de la nationale 10, pardon, la départementale numéro quelque chose. Il y jouait pour s'entraîner mais aussi pour les touristes, avec ses *frangins* de l'époque, Pierre et Hervé, qui, comme lui, avaient quitté leurs villages de cœur pour intégrer la toute nouvelle section sport-étude-pelote basque au lycée Cassin de Bayonne. Le week-end et les jours fériés, ils retrouvaient Bidart et leur petit trois-pièces humide près de la plage des Embruns, prêté par le trésorier du club. Tout cela pour pouvoir devenir professionnels et enfin toucher du bout du gant le rêve américain. Mattin aussi bien entendu, le local, le chouchou des Bidartars, dont les anciens, assis sur les gradins en pierre, louaient les qualités à longueur de partie. Mattin, le beau gars du village qui se pavanait dès qu'il réussissait un coup gagnant. Mattin l'arrogant, qui se foutait déjà de lui quand il ratait un engagement. *Falta*, Albert ! Encore *falta* ! Mattin Gozategui, qui vient de perdre la vie sur ce même fronton qui lui valut ses premières victoires et le vrai début de son ascension. Quelle ironie ! Pas du sort, mais bien de l'existence. Il tient sa revanche, lui, le Txiki. Gozategui ne fera plus le paon devant ses fans transis, ne dépensera plus son fric en faisant baver les crétins du coin, n'assistera plus en tant qu'invité d'honneur aux parties du World Tour et autre Gant d'Or. « Et nous avons l'honneur d'avoir parmi nous l'immense Mattin Gozategui, le plus grand arrière de tous les temps, le Roi de Miami, et bla bla bla… » Mattin Gozategui, le voleur, le traître, le pourri… et certainement l'assassin de Karin.

Il n'a quasiment aucune chance de retrouver la pelote, il le sait. Au pire, elle aura échoué au milieu de l'aire de jeux aménagée en dessous, face au vieux cimetière, ou continué son chemin jusqu'à la na… la départementale.

Qu'importe : une pelote perdue entre deux frontons extérieurs… La belle affaire !

Vêtu d'un jean et d'un polo bleu, ayant troqué sa *baseball cap* pour une casquette plate à carreaux, bien plus anonyme et davantage dans l'esprit du lieu, il déambule malgré tout sur la place Sauveur-Atchoarena, balayée par le vent d'ouest qui vient de se lever. Les terrasses sont désormais désertes. Tiens ! La Poste est devenue… un autre restaurant. Un de plus ! Puis un frisson. Son cœur qui vibre en cadence. Le son si familier des pelotes claquant sur le mur du trinquet couvert de l'hôtel-restaurant Elissaldia, tenu depuis des lustres par la famille Exposito. Quand il a quitté la France, Peio, le gamin de la famille, avait à peine huit ans et marquait déjà des points à la pala face à des jeunes bien plus âgés et plus costauds que lui. Quel âge peut-il avoir, aujourd'hui ? Quarante ans ? Joue-t-il encore ? Est-ce lui sur la cancha ? Ou bien des jeunes du coin venus après le boulot pour se défouler ? Les bonnes habitudes ne semblent pas se perdre, tout comme celle, il en est certain, de se retrouver autour du bar entre pelotaris de la Kostakoak et rugbymen du BUC pour des soirées de fête et de rigolade.

Il emprunte la petite rue de la Madeleine, totalement déserte, jusqu'à la chapelle du même nom. S'il apprécie depuis toujours le petit édifice religieux, halte favorite des anciens pèlerins sur la route de Saint-Jacques-de-Compostelle, il adore l'incroyable panorama qu'offre l'esplanade. À l'instant, l'océan tout entier semble se réveiller. Le soleil vient de se coucher, le vent perturbe l'ordre des nuages, mais le ciel demeure quand même embrasé, camaïeu de rouge et d'orange. À sa gauche la plage du Centre, le village de Guéthary et ses deux résidences au-dessus du petit port, le Guetharia et l'Itsasoan, qui semblent vouloir se jeter dans l'eau. Au fond, c'est l'Espagne, Fontarrabie, le phare du cap du Figuier qui vient de s'allumer. Plus loin encore, les collines et montagnes entourant la côte basque espagnole jusqu'à la sortie du port de Bilbao. Il rêvait de revenir ici, sur cet extraordinaire promontoire où, toujours à la nuit tombée, il emmenait ses conquêtes. Brigitte, la fille du chef de l'ancienne gare, Manon, celle du boulanger-pâtissier, Sylvie, à qui il avait promis de lui faire un enfant tout en sachant que dès que sa lettre d'engagement arriverait il partirait pour l'Amérique.

La nuit est tombée pour de bon. Le vent a forci. Pas la peine de s'attarder.

Après un arrêt au Drive du McDonald's (lui qui n'y met jamais les pieds à Miami se retrouve à commander un Big Mac sur la côte basque !), il reprend le chemin de l'hôtel. Franchement, cela valait vraiment la peine de s'entraîner comme un cinglé des mois durant sur ce terrain vague de South Dade. Bien sûr, il pouvait compter sur les quelques *restes* de ses vingt ans de compétition à haut niveau, mais la réussite de l'opération était tellement hypothétique que, pour une fois, il aura pu tabler sur le facteur chance. Beaucoup de chance. Seulement un seul lancer réussi à l'entraînement sur plus de mille tentatives. Et là : bingo ! La cible atteinte du premier coup. Vitesse, adresse, précision. Un lancer digne d'un des meilleurs avants du monde, bien qu'assez loin de son record personnel à deux cent soixante-deux kilomètres/heure. Pour un gars de cinquante-trois ans, un bel exploit. De toute façon, il ne pouvait y avoir de second essai. Un *one shot*, un coup unique, tout ou rien. Jusque-là, tout va bien.

14

— Attention ! La maison Poulaga débarque à la cambrousse !

Jules Gosselin se sent d'humeur potache. Il est manifestement ravi par cette balade matinale loin du commissariat. Tandis que sa si belle et si gentille et si intelligente supérieure conduit (ne devrait-il pas rajouter « brillante » ?), il peut observer les paysages de ce Pays basque intérieur dont il n'a pas vraiment eu le temps de profiter depuis son arrivée. Surtout que Laurence, qui en réalité ne connaît pas beaucoup mieux la circonscription que lui, s'est mis en tête de commenter tout l'itinéraire : Ustaritz, Cambo-les-Bains (« Jules, un jour de repos, arrête-toi pour visiter Arnaga, la maison d'Edmond Rostand : une merveille ! »), Itxassou (« La capitale des cerises ! Il faudra que tu y passes pour acheter de la confiture de cerises noires… »), Bidarray (« Tu vois le clocher de l'église ?

C'est là où, l'autre jour, Xabi Fagalde m'a donné rendez-vous »), Ossès, puis Saint-Jean-Pied-de-Port (« Garazi, pour les intimes »)...

Quelques minutes plus tard, après avoir dépassé le panneau indicateur en deux langues (français-basque), puis s'être glissée dans les petites rues d'Irouléguy-Irulegi, la voiture s'engage dans l'allée bordée de vignes menant aux Caves Lecuona. Le propriétaire les attend devant la porte principale de la grosse bâtisse de type navarrais, la façade ornée des fameuses boiseries peintes en rouge baigorri. À voir son sourire quelque peu étonné, il ne s'attendait pas à ce que l'inspectrice de police, venue de Bayonne avec son assistant, soit aussi jolie. Laurence est tout aussi surprise de trouver devant elle, loin du cliché du vigneron mal dégrossi dans sa salopette de travail, un bel homme aux cheveux gris plaqués en arrière, vêtu d'un chino beige, d'une chemise bleu ciel, et chaussé de mocassins marron.

— Je peux vous offrir un verre ? D'irouléguy, bien sûr. Rouge ? Rosé ? Blanc ?

À presque midi, difficile de refuser, et Jules a très envie d'un petit verre de blanc, mais ils sont en service et Laurence n'a pas encore répondu. Elle caresse du bout des doigts le bois de la grande table en merisier autour de laquelle ils sont assis, tout en observant le décor de cette grande pièce dont les murs sont ornés de tableaux du peintre basque Ramiro Arrue et où trônent contre un mur un gros buffet en bois ainsi qu'un drôle de banc.

— Vous aimez les meubles basques, madame Etcheverry ?

— Malgré mon patronyme, j'avoue ma grande ignorance en ce domaine, aussi bien que pour tout ce qui concerne les traditions et coutumes locales. Je suis d'Amiens.

— Le buffet s'appelle un *manka* et le banc un *zuzulu*. Vous les trouverez dans presque toutes les maisons basques traditionnelles. Mais j'imagine que nous ne sommes pas là pour effectuer l'inventaire de mes meubles mais pour parler de Mattin Gozategui et de sa disparition. Vous ne m'avez pas répondu ? Rouge, blanc, rosé ?

— Du blanc.

Soulagé, Jules lève le doigt en souriant. Lui aussi prendra du blanc. Lecuona ouvre une bouteille et regarde le vin couler dans les verres d'un air satisfait.

— Vous l'avez appris comment ?

— Par *Sud-Ouest*. Sa mort faisait les gros titres !

— Vous avez vu M. Gozategui récemment ?

— Il y a trois mois environ, à Biarritz, pour une remise de trophées en notre honneur. Il était en pleine forme. On a même repris les gants pour un petit match d'exhibition au grand fronton. Disons qu'on a fait semblant d'avoir encore la *vista*…

— Je ne vais pas tourner autour du pot : nous pensons qu'il a été assassiné.

— Mattin ? Impossible ! Pas lui ! C'était un type charmant, un…

Laurence le coupe aussitôt :

— Vous avez des nouvelles d'Albert Lezcano ?

— Txiki ? Non, pourquoi ?

La stupéfaction se lit sur son visage.

— Non, vous ne le soupçonnez pas, quand même ? Txiki Lezcano ! Mais il habite toujours à Miami !

— Il a disparu de son domicile depuis des mois sans laisser aucune adresse.

— Albert Lezcano ! Comment l'aurait-il tué ? Le journal mentionnait une mort accidentelle.

Encouragé par le verre de blanc, Jules se dresse sur sa chaise.

— Nous pensons qu'il a été atteint par une pelote lancée par un gant de cesta punta.

— Ridicule ! Personne ne serait capable d'un tel exploit.

— Sauf peut-être un pelotari très expérimenté, un professionnel comme Albert Lezcano… qui fut un joueur d'une précision exemplaire.

— Il le *fut*. Vous l'avez vous-même mentionné : Albert doit avoir maintenant cinquante-trois ans et, même s'il a continué à jouer au Miami Jaï Alaï après 2011 et notre départ, à Mattin et moi, il a dû quand même arrêter de pratiquer, surtout à un niveau professionnel, depuis assez longtemps. Non, je n'y crois pas une seconde.

Laurence, bien qu'agacée par l'intervention de Jules (« on ne divulgue pas les avancées de l'enquête à un potentiel suspect »), pense pouvoir tirer profit de la situation et de la sidération du vigneron :

— Vous ne croyez pas à quoi, monsieur Lecuona ?

— À tout ça. Que Txiki soit un assassin, qu'il ait pu tuer Mattin Gozategui, et surtout avec un chistera.

— On nous a pourtant dit qu'à Miami ce n'était pas la chaude ambiance entre Gozategui et Lezcano…

— Qui vous a raconté ça ? Xabi ? Ah, vous êtes allés le voir à Bidarray ? D'accord, ils n'étaient pas les meilleurs amis du monde, mais c'était déjà le cas à Bidart, quand nous étions tous adolescents. De plus, la vie à Miami et au Jaï Alaï était plutôt rude. Bien sûr, nous sommes tous arrivés là-bas de nos petits villages, à peine âgés de vingt et quelques années, et cela ressemblait à l'Eldorado. L'Amérique, les grosses bagnoles, les dollars, les belles filles, le soleil, les soirées avec des milliers de parieurs qui vous acclament... ou qui vous huent. Sans compter la dépendance entre coéquipiers. Tu joues avec Txomin, il va rater trois pelotes mais bizarrement, lors de la quiniela suivante avec un autre partenaire, réussir tous ses tirs... Et donc les parieurs mécontents qui ont misé sur vous, si vous perdiez la partie, ils venaient se coller au grillage en éructant et en vous traitant de fils de... Croyez-moi, c'était la guerre sur la cancha : vos équipiers sont également vos adversaires, les clans se forment entre nationalités : les Basques espagnols, les Basques français, les Cubains, les Mexicains... Forcément, c'était aussi souvent tendu entre nous. La preuve, avec Mattin et Txiki. Tous les jours, il faut venir jouer au cœur d'une mécanique organisée pour exciter les parieurs mais qui anéantit tout enjeu sportif. Tu deviens une caisse enregistreuse de paris, tu attends dans une cage grillagée où suintent la frustration et la tension...

— Xabi Fagalde m'a déjà expliqué tout ça...

— Ah oui ? Et il vous a aussi parlé des déplacements des pelotaris, surveillés matin et soir par la police d'État qui contrôlait les entrées et les sorties, ce sentiment de n'être plus qu'une machine à gagner, dont tous les résultats sont répertoriés et classés dans des statistiques ?… Vous passez deux trois jours sans remporter de manche et vous voyez votre pourcentage baisser. Moins de gains, moins de jeu, vous devenez cinglé. Et même : au-delà de gagner de l'argent, vous êtes un compétiteur. C'est un système psychologiquement très difficile. La rivalité entre nous pouvait se changer rapidement en une réelle animosité. Albert supportait tout ça assez difficilement, et souvent, ça le gênait dans son jeu. Il perdait des points faciles et ça rendait fous ses coéquipiers…

— Dont Martin Gozategui ?

— Dont Mattin.

Lecuona se tait. Laurence aimerait savoir si les différends entre Gozategui et Lezcano étaient vraiment si prononcés et si leur duo sur la cancha tournait plus souvent à l'affrontement qu'à la complicité nécessaire. Mais elle ne veut pas brusquer le viticulteur, que ses pensées semblent avoir renvoyé, lui aussi, des années en arrière.

— C'était dur. Très dur. Vous ne pouvez pas imaginer. On n'était que des gosses ! Txiki s'est d'emblée mis à l'écart. Quand on quittait le fronton pour profiter le plus possible de la ville et de ses attraits, qu'on retrouvait la communauté française, surtout des gars de Toulouse qui travaillaient dans l'aéronautique, pour fuir notre cage qui n'était pas dorée, ces trous à rats qui nous servaient d'appartement, lui, il rentrait. Quelquefois, j'arrivais à le traîner avec nous, mais jamais quand Mattin était de la partie… Et puis il y a eu cette fille.

— Karin ?

— Oui, Karin. Une jolie blonde, serveuse dans un restaurant *frenchy* de South Beach. Elle parlait français, elle avait habité plus d'un an à Paris. Albert en est tombé amoureux fou. C'est devenu le cirque. Presque chaque soir, il me demandait de l'accompagner là-bas. Vu le prix des plats et surtout du vin, c'est vite devenu compliqué. Finalement, il a réussi à la séduire. Je n'en revenais pas, et Xabi non plus ! Albert projetait même d'emménager avec elle dans un appartement près de la plage, pour que ce soit plus pratique pour elle, qu'elle ait moins de trajet pour aller bosser…

— Et ?

— Que pensez-vous qu'il soit arrivé ? Il y a eu une soirée organisée au Consulat, et…

Jules, voulant rappeler sa présence, formule lui-même la réponse :

— Elle y a rencontré Gozategui.

Lecuona soupire.

— Voilà. Le coup de foudre. Ils se sont revus le lendemain soir et ils ne se sont plus quittés. Ils se sont mariés, et quand Mattin est revenu au pays elle l'a évidemment suivi. Vous saviez qu'elle était morte ?

— Oui. Une noyade.

— C'est à ce moment-là que j'ai eu mon dernier contact avec Txiki. Il l'avait appris je ne sais comment et il m'a appelé un soir pour me demander si je les côtoyais, Mattin et elle, comment allait leur couple, si j'avais entendu des rumeurs sur des prétendues infidélités de Mattin, si elle était heureuse… Je l'ai envoyé balader et lui ai dit de tourner la page, que Mattin avait plus besoin de réconfort que de suspicions et de critiques. Avant de raccrocher, il m'avait demandé de lui envoyer tous les articles parus sur la mort de Karin. En fait, il y a eu quelques lignes dans la rubrique « faits divers » de *Sud-Ouest*, c'était quand même la femme d'une star de la cesta punta, et puis plus rien. Des témoins qui se promenaient le long de la falaise l'ont vue être emportée sans que quiconque puisse la tirer de là. Je suis allé voir Mattin à Bidart, il était totalement dévasté.

— Que Mattin ait pu la tuer vous semble impossible…

— Absolument. Totalement. Presque aussi délirant que d'imaginer Albert tuer Mattin.

— Monsieur Lecuona, merci pour tous ces éclaircissements. Votre vin est délicieux. Évidemment, si Lezcano vous contacte…

Une fois dans l'allée, Laurence sort son téléphone. Elle a sept messages. Elle écoute le premier, raccroche et lance à Jules, en même temps que les clés de la voiture :

— Tu conduis !

— Qu'est-ce qui se passe ?

— Lezcano. Il a été vu hier soir à Bidart.

15

— S'il vous plaît, je peux rentrer chez moi ?

Sylvie Elissalde n'en peut plus. Cela fait maintenant sept heures qu'elle est enfermée dans ce bureau de la rue de Marhum, à Bayonne. Pourtant, au départ, tout partait d'un bon sentiment. Elle pensait faire plaisir à Max Sallaberry, qu'elle croise presque tous les matins à l'angle de la maison de la presse. Il faut dire qu'elle habite presque en face, rue de la Madeleine, un joli deux-pièces au rez-de-chaussée de la maison Lecumberry. Pour elle le départ au boulot, pour lui, un peu plus âgé, le café. Mais dès qu'elle lui a appris la nouvelle Max a blêmi et sans un mot a farfouillé aussitôt dans son téléphone à la recherche d'un numéro, qu'il n'a pas trouvé. Il a alors appelé le commissariat de Bayonne et demandé à parler à une certaine Mme Etcheverry. Une minute plus tard, il raccrochait, l'air plus sérieux que jamais.

« Sylvie, repars chez toi.

— Qu'est-ce qui se passe ?

— La police va venir te chercher.

— Mais qu'est-ce que j'ai fait ?

— Ne discute pas ! Tu dois attendre. Rentre, ils vont arriver. Ils t'expliqueront. »

Les flics étaient venus la prendre à son domicile. Elle avait dû monter dans leur grosse Peugeot grise avec POLICE NATIONALE écrit en énorme sur les portières. Là, devant tout le monde ! La honte. Puis, après qu'on lui eut dit quand même qu'il n'y avait rien contre elle et qu'on avait juste besoin de l'interroger, elle avait attendu toute la matinée dans ce foutu bureau du commissariat, seule avec un gobelet en carton de café définitivement froid face à une affiche du film *Flic ou Voyou* et au calendrier géant des joueurs de l'Aviron bayonnais de la saison écoulée. À ce qu'elle avait pu comprendre de la conversation des flics dans la pièce d'à côté, l'inspectrice voulant lui parler enquêtait du côté de Saint-Jean-Pied-de-Port, son portable ne passait pas bien, ils n'arrivaient pas à la joindre… Vers quatorze heures, une femme aux cheveux poivre et sel, l'air sévère, et un jeune homme très énervé déboulèrent enfin. « Inspectrice Etcheverry, inspecteur Gosselin, enchantés. » Et là, Sylvie avait eu droit à un interrogatoire comme dans les séries télévisées. Il ne manquait que la lampe de bureau braquée sur elle.

Ainsi elle disait avoir vu Albert Lezcano ? Oui, elle l'avait aperçu la veille au soir, à la tombée de la nuit, juste avant de fermer ses volets. « Aperçu ou vu ? — Vu. » Oui, c'était bien Txiki Lezcano. Comment elle pouvait en être certaine ? Pardi ! Quand on revoit le petit ami avec lequel on est restée plus de deux ans, même si c'était à la sortie de l'adolescence et même s'il a beaucoup changé physiquement, on le reconnaît d'emblée. Entre eux, il avait même été question de mariage. « OK, c'était il y a plus de trente ans, mais je l'ai tout de suite reconnu, sa démarche, ce profil avec ce nez busqué… Il marchait seul, face au vent, une casquette sur la tête dans la petite rue en direction de la chapelle… — Pourquoi ne pas l'avoir appelé ? — Déjà, j'étais plutôt sidérée de tomber sur lui après tout ce temps. Ensuite, il commençait à faire sombre et la série de TF1 allait bientôt commencer. Et puis, il fonçait tête baissée, il n'avait peut-être pas envie qu'on l'embête… » Après tout, s'il avait voulu retrouver tous ses vieux copains, il lui suffisait de passer la porte d'Elissaldia ou celle du bar du Fronton, et s'il ne l'avait pas fait c'est qu'il avait ses raisons…

L'interrogatoire est terminé, Laurence et Jules se préparent à sortir de la pièce, la laissant seule en tête à tête avec Belmondo.

— S'il vous plaît, je peux rentrer chez moi ?

Ils proposent de la ramener à Bidart dans leur belle voiture ou d'appeler un taxi. Aux frais de l'État, bien sûr. Elle choisit le taxi.

16

— Si c'était toi et que tu n'avais pas d'amis ou de connaissances chez qui aller, où te cacherais-tu ?

C'était devenu une habitude, quasiment un rituel. Bien sûr, Laurence pourrait tout d'abord questionner ses collègues du commissariat, ce qu'elle faisait régulièrement mais sans réelle conviction. Par contre, le soir, sans ne jamais entrer dans des détails trop précis ni prononcer les noms des suspects, elle aimait faire part de ses interrogations à son mari, puis attendre ses suggestions. Elle aimait son bon sens, son côté cartésien et son calme à toute épreuve. C'est avant tout ce qui l'avait séduite quand elle avait rencontré ce Basque perdu à la sous-direction des services Amiens et Métropole. Son humour très second degré et son sens de la repartie. Sa fossette sous le menton, son sourire malicieux et ses cheveux bouclés qui poussaient toujours aussi dru.

— Donc… pas chez des amis. Pas dans une location, sauf un Airbnb car tu ne croises pas de proprio. Pas dans un hôtel. Sauf s'il est plutôt banal, dans une gamme moyenne, qu'il est très fréquenté et que le personnel ne s'intéresse pas à ce que font les clients. Ou mieux, un hôtel genre Formule 1, où il n'y a personne à la réception.

— Ça existe, ce genre d'endroit ?

— Oui. Rappelle-toi celui où tu m'as emmené, lors de notre quatrième rencontre. Celui en face de la gare d'Amiens.

— Ah oui ! Le bruit des voyageurs en bas, sur la place, celui de la plomberie qui fuyait et celui des clients un peu trop bruyants…

— Pas comme nous ?

— Tu sais bien qu'on est toujours très discrets.

— En tout cas, ma chérie, tu connais ton planning de demain… Tu cherches qui ?

— Tu sais bien que je ne t'en dirai pas plus.

— Alors garde tes secrets et je garde les miens…

— Comme quoi, par exemple ?

— Comme par exemple que demain soir tu vas goûter une recette basque que tu ne connais pas.

— Ça existe ?

— Tu verras…

Jules, accompagné d'une équipe, débuta par les gares : Bayonne, Biarritz, Saint-Jean-de-Luz, Hendaye. Très peu d'hôtels, peu de chambres, encore moins de clients. Rien de concluant. Puis ils prirent la direction de Parme, l'aéroport commun à Anglet, Bayonne et Biarritz, pour vérifier les registres des hôtels à proximité. Des entrées, des sorties tout ce qu'il y a de plus banal : rien de notable. En revanche, un des réceptionnistes leur signala une voiture garée sur son parking depuis plusieurs jours et qui ne semblait appartenir à aucun de ses clients. Peut-être un voyageur ne voulant pas payer le stationnement de l'aéroport ? La voiture fut vite repérée : une Renault Captur fermée à clé dont le numéro d'immatriculation les renvoya à une agence de location.

La jeune femme derrière le comptoir de l'agence Ada ne se souvenait pas de cette transaction, réglée dans le hall de l'aéroport quatre jours auparavant par un certain Gérard Dupont. « De toute façon, je ne travaille pas le soir. Il faudrait revenir à partir de seize heures et demander à mon collègue, M. Labadie. Vous comprenez, j'ai une fille, Uhaina, et ces horaires m'arrangent bien, comme ça je peux aller la chercher à l'*ikastola*... Vous savez bien, l'école en basque ? Moi, je n'étais pas trop convaincue, c'est mon mari, il a absolument voulu qu'elle soit inscrite là-bas… » Jules, avec tact, fit taire la jeune femme. Dans leur voiture, ils consultèrent les registres des hôtels que Camille, la petite cadette de la République venant d'intégrer la brigade et qui les accompagnait dans cette tournée, avait pris soin de photographier avec son smartphone. Ils ne trouvèrent qu'une seule personne ayant séjourné plus d'une nuit. Dupont Gérard, hôtel Amarys, arrivé quatre jours plus tôt. Une chambre louée pour la semaine.

Retour à l'établissement concerné, où le réceptionniste leur parla d'un client très discret, celui de la chambre 214, qui lors de l'enregistrement avait rapidement mentionné qu'il était là pour raisons professionnelles, afin de rendre visite à ses clients de la région, et avait demandé expressément qu'on lui laisse son petit déjeuner devant la porte. Un type plutôt petit, plutôt chauve, plutôt barbu, plutôt rond… Pas revu depuis. Vraiment très discret. L'équipe monta jusqu'au deuxième étage, frappa chambre 214. Aucune réponse.

Se pourrait-il qu'elle ait eu raison ? Depuis le coup de téléphone de Jules, Laurence trépignait d'impatience.

À peine eut-il passé la porte du commissariat qu'elle lui arracha la photocopie du passeport et se rua sur un ordinateur. Gérard Dupont, domicilié 164 avenue du Général-de-Gaulle à Bordeaux. Il y avait bien des Dupont à la pelle, mais aucun prénommé Gérard. Quant au 164, il s'agissait d'un collège : Sainte-Marie Grand-Lebrun. C'est le brigadier Le Thierry qui découvrit très rapidement la vraie, la grosse boulette qui avait échappé à tous les flics du bureau, Laurence incluse :

« Déjà, à Bordeaux l'avenue s'appelle Charles-de-Gaulle et non du Général-de-Gaulle… Et regardez ! Quelle bande de charlots ! Ils ont oublié un *l* à de Gaulle ! »

Un quart d'heure plus tard, le parcours de Gérard Dupont était entièrement retracé. Arrivé quatre jours auparavant à Biarritz-Parme par l'avion de Paris atterrissant à vingt-deux heures vingt. Débarqué le matin même à l'aéroport de Roissy en provenance de… Miami. Laurence n'en demandait pas tant. Arrivé directement de Floride avec de faux papiers, parlant parfaitement français, raccord avec la description de l'ex-fiancée de Bidart et du réceptionniste de son hôtel. Gérard Dupont était Albert Lezcano, il ne restait plus qu'à le loger et le cueillir.

17

Départ à la fin du service du petit déjeuner, quand, comme chaque matin, le réceptionniste s'éclipse de sa desserte afin d'aider la serveuse à débarrasser. Personne dans le hall : c'est le moment. Une courte marche jusqu'à sa voiture et c'est parti. Car Albert a désormais pris goût à ses escapades, nocturnes ou matinales. Cette fois-ci, il a décidé de piquer un peu plus au sud : Guéthary, Saint-Jean-de-Luz, Hendaye. Pas question quand même de pousser jusqu'à Irun ou Saint-Sébastien : il suffirait d'un contrôle inopiné à la frontière. Il en a pourtant tellement envie ! Il adore Saint-Sébastien, Donostia en basque : sa splendide baie, aussi belle que celle de Rio de Janeiro, sa Parte Vieja où sont servis les savoureux *pintxos** sur des comptoirs sans fin au milieu d'un joyeux bordel organisé… Ce n'est pas qu'il n'ait pas confiance en la qualité de ses vrais-faux papiers réalisés par la mafia *made in Tampa Bay*, mais il se demande s'il ne prend pas un peu trop de risques. D'un autre côté, que peut-il lui arriver ?

Il n'a même pas le temps de chercher une réponse à sa question. Alors qu'il s'approche du parking extérieur où il gare sa Renault à l'abri des regards, il aperçoit quatre types en train de tourner autour et une voiture de police garée à côté. Un simple contrôle de routine ? Ont-ils remonté sa piste ? Quelle erreur a-t-il pu commettre ? Pas le temps d'y réfléchir. Albert continue son chemin le long du boulevard, puis tourne dans la première rue adjacente, les yeux rivés sur l'entrée du parking. Quelques minutes plus tard, la voiture des flics en ressort et se dirige vers l'aéroport. Aussitôt, il rejoint la sienne, vérifiant toutefois qu'un traceur n'a pas été collé sous le châssis (il a vu ça dans *Les Experts : Miami*), puis démarre. Où aller ? La voiture doit être désormais fichée : il a peu de temps pour trouver une nouvelle planque. Direction le centre de Biarritz. Il y est presque. Trouver un autre hôtel ? Impossible. Ils ont peut-être découvert sa fausse identité. Un mobile home dans un camping ? Même problème.

Dans le centre-ville, à sa droite la Grande Plage, à sa gauche la place Sainte-Eugénie, le port des pêcheurs en dessous… La crampotte de Matthieu Lafitte ! Et si le vieux pêcheur laissait encore, comme il le faisait il y a trente ans, la clé planquée dans le massif de fleurs au pied de la grande ancre, à l'entrée du passage ? « Ma crampotte, c'est avant tout pour mes amis », répétait-il à l'envi. En revanche, pas question de laisser la Captur, au nom désormais trop prédestiné, dans les alentours. Une seule solution : le parking Sainte-Eugénie, qui semble plonger sous l'église du même nom. Encore une nouveauté du Biarritz des années 2000, pour une fois une bonne idée. En récupérant son ticket à la barrière d'entrée, il ne peut s'empêcher de baisser la tête et de se planquer sous sa casquette. Peut-être que la police n'a pas encore son signalement précis ? Il trouve une place dans un recoin du dernier sous-sol, y gare la voiture dans le sens de la marche (tout en se demandant pourquoi il fait ça, puisqu'il y a une autre barrière à la sortie… Bon, on ne sait jamais…), récupère dans le coffre le sac de boissons et de victuailles achetées le jour de son arrivée (encore un conseil du mafieux de Tampa Bay) puis, sitôt à l'air libre, descend le petit chemin qui mène au port.

Rapide vérification à droite, à gauche et derrière lui. Il n'est pas suivi. En se faufilant dans les ruelles étroites, il constate au passage que cet étonnant petit village de maisonnettes aux volets colorés, niché au cœur du petit port de la ville, a été entretenu et conservé en l'état. « Une ville dans la ville ! » proclament les pêcheurs et autres marins qui y ont un anneau dédié pour y amarrer leur embarcation et, en outre, l'incroyable chance de pouvoir profiter de ces fameuses crampottes : des cabanons appartenant à la mairie mais dont ils ont la jouissance, des lieux uniques où il fait si bon passer la journée, au calme et dans un environnement protégé. On y déjeune encore sur de minuscules tables dressées face aux deux bassins du port, où les petits bateaux serrés les uns contre les autres titubent comme de vieux poivrots. On y commente, comme il y a trente, cinquante ou cent ans, la tenue des touristes venus y déjeuner ou dîner de chipirons et de moules à la plancha dans les restaurants juste en dessous. La seule interdiction proférée par la mairie est d'y séjourner la nuit. C'est pourtant ce qu'Albert se prépare à faire.

La grosse clé est bien là, sous l'anthurium planté au socle de l'énorme ancre, symbole du lieu. Une clé toute rouillée, mais qui ouvre encore la porte bleu turquoise du cabanon de quinze mètres carrés. L'intérieur de la pièce est comme dans son souvenir, plutôt sommaire avec ses bardages badigeonnés de bleu, une fenêtre ornée de rideaux d'une dentelle autrefois blanche, quelques cadres piqués, des filets de pêche accrochés à de grands crochets, quatre chaises pliantes en bois et un grand coffre fourre-tout en guise de table. Que de dimanches de printemps mémorables lorsque Antoine Lafitte, le jeune pelotari qui suivait aussi le sport-étude, invitait la bande à venir se régaler de sardines et de chipirons cuits à la plancha par son *padre* Matthieu !

Dans le coffre, il y a quelques serviettes de bain humides ainsi qu'un vieux matelas pneumatique dégonflé : si ce dernier n'est pas troué et si les serviettes prennent le temps de sécher, il peut déjà compter sur ce couchage d'appoint. L'important est surtout de ne pas faire de bruit et, ce soir, de ne pas allumer l'ampoule électrique qui pendouille au plafond. Même si la crampotte, accolée tout au fond contre la petite route qui descend au petit port, est l'une des mieux cachées, il doit à tout prix appliquer quelques règles de prudence avant de trouver une solution plus pérenne. Si toutefois elle existe. Ici, il pourra réfléchir. D'ailleurs, il n'a que ça à faire. Il a naturellement laissé son téléphone portable à Miami et s'est aussi débarrassé du jetable prépayé acheté à Roissy après avoir appelé sa cible. Pas de localisation possible.

Sur la petite étagère branlante en bois écaillé, un livre sur la sorcellerie au Pays basque, la BD *Bécassine au Pays basque* et un vieux SAS écorné semblent avoir renoncé à attendre leurs lecteurs depuis des années. Rien de tel que Gérard de Villiers pour passer le temps et oublier ses emmerdes. Ses très grosses emmerdes.

La crampotte n'était finalement pas une si bonne idée. Il avait patienté toute la journée, glacé par l'humidité ambiante, ressassant, entre deux péripéties de Malko Linge dans *Tornade sur Manille*, ses très maigres alternatives et possibilités, puis il avait dormi quelques heures. Dès l'aube venue, au premier rai de lumière frappant les façades blanchies du mini village, il avait tenté de se préparer un semblant de café avec le Nescafé trouvé à côté de l'antique cafetière électrique. Le tout en silence. Pourtant, on avait frappé à la porte en demandant s'il y avait quelqu'un. Albert s'était figé, sa tasse à la main. Puis plus rien. Il avait risqué un œil par la fenêtre et avait vu un vieux pêcheur s'éloigner. Partait-il vraiment ? N'allait-il pas vérifier que la clé se trouvait encore sous l'anthurium ? Prévenir la mairie qu'il avait entendu du bruit dans la crampotte de Matthieu ?

Trente secondes plus tard, Txiki escaladait les escaliers menant au boulevard et filait à toutes jambes en direction du musée de la Mer puis de la plage de la Côte des Basques, encore déserte.

Là, bravant le vent dans son mince blouson de toile beige et marchant sur le sable dur aussi vite que possible avec ses grosses chaussures, il regarde vers le sud. Gagner l'Espagne et Fontarrabie, le village de pêcheurs juste après la frontière : option quasi impossible. Trente bons kilomètres à vue de nez, en arpentant d'abord les plages de Biarritz, puis de Bidart (heureusement à marée basse !), traverser Guéthary, le quartier Acotz, Saint-Jean-de-Luz puis Hendaye, avant de franchir le pont international de Santiago pour enfin atteindre l'entrée du bourg… Un sacré marathon ! De plus à la vue de tous, alors que son signalement a peut-être déjà été donné et que tous les flics du Pays basque sont à sa recherche. Est-il possible que la police ait contrôlé sa voiture par routine et que, n'ayant rien trouvé de curieux, ils n'aient pas donné suite ? Rêve pas, Albert. Avance : tu dois sortir de ce piège dans lequel tu t'es fourré avant qu'il se referme définitivement sur toi…

Hondarribia-Fontarrabie, Murrua Kalea, n° 12. Il connaît l'adresse des frères Goikoetxea par cœur, ces derniers la citant sans cesse en se languissant entre deux parties dans les vestiaires du Miami Jaï Alaï. Pourront-ils l'aider ? Possible. Sera-t-il capable de parcourir ces trente bornes en une seule journée ? Plus qu'improbable, voire quasi impossible. Malgré sa bonne condition physique, ce périple est, il le sait, au-dessus de ses forces. Hasardeux, risqué, irréfléchi. Il n'a pour l'instant qu'une seule option : s'arracher d'ici. Et vite.

18

Il n'avait aucunement l'intention de le tuer. C'était un accident. Comment aurait-il pu imaginer, en se mettant à couvert sous les toits du château, que quelqu'un viendrait l'y déloger ?

Quand le type l'a saisi par le col de son blouson, tout en haut de l'escalier monumental, éructant que c'était une propriété privée et qu'il n'avait pas le droit d'y pénétrer, Albert avait juste voulu se soustraire à son emprise. Puis il l'avait vu soudain perdre l'équilibre sur la dernière marche. Il avait même essayé de le retenir. En vain.

L'homme gît maintenant en bas des marches, le corps disloqué.

Pourtant, en l'apercevant depuis la plage de la Milady, trônant encore, malgré le poids des décennies et l'attaque violente de la rouille, fier et majestueux en haut de la colline de Handia, le château d'Ilbarritz lui était apparu comme la cachette idéale. Quand il avait quitté la région, ce gros manoir construit pour le baron de l'Espée plus d'un siècle auparavant, sur la butte séparant Biarritz et Bidart, était déjà quasi abandonné. À l'époque, il lui était arrivé plusieurs fois de s'y glisser afin de l'explorer de fond en comble : l'incroyable salle abritant le plus grand orgue jamais construit pour un particulier et déplacé au début du XXe siècle au sein de la basilique du Sacré-Cœur à Paris. Les cuisines, construites tout en bas, au bord de l'océan, Monsieur le Baron ne supportant pas les odeurs de cuisson, abritent désormais le Blue Cargo, un restaurant-boîte de nuit.

Il adorait l'histoire de cette bâtisse, ceinturée à l'époque d'un incroyable réseau de petites maisons posées sur la colline et reliées entre elles par des chemins couverts. On racontait que parmi elles se trouvaient un pavillon chinois, un chenil et une résidence pour la maîtresse du Baron. En s'approchant, il avait pu observer que le château n'était toujours ni rénové ni habité, que le jardin était envahi par les mauvaises herbes et que le vieux portail corrodé était fermé par une lourde chaîne, rouillée elle aussi. Sautant par-dessus la clôture, il avait pénétré par une porte-fenêtre entrouverte dans le hall d'entrée. Quatre à quatre, il avait gravi les marches de l'impressionnant escalier en chêne massif pour aller se réfugier dans une des chambres nichées au dernier étage. Jamais il n'aurait pensé que les lieux étaient aujourd'hui surveillés par un gardien, celui-là même qui maintenant gisait sur le marbre du vestibule.

Dire que tout devait bien se passer. C'était pourtant simple. Réglé comme du papier à musique. Une fois Gozategui éliminé, si par bonheur Albert réussissait son coup, il demeurerait une semaine tranquille à l'hôtel, prendrait le train pour Paris, rejoindrait l'aéroport de Roissy en RER et retrouverait Miami. Mais ça avait déraillé. Où ? Quand ? Comment ? Difficile à dire. Tout ce qu'il savait, c'est qu'il était là, dans le petit appartement du gardien qu'il venait de tuer.

Un portefeuille est posé sur le guéridon de l'entrée. Bruno Leduhr, né en 1970 à Pont-à-Mousson en Meurthe-et-Moselle, détenteur d'une carte de crédit et de quelques autres de fidélité, également riche de soixante-dix euros en liquide. Dans le tiroir du dessous, une arme de poing enroulée dans un mouchoir. Un véritable Smith & Wesson 44 Magnum ! Il connaît.

Un jour *off*, pour rigoler, *Fat* Jimmy Ciccone, une des petites mains de la mafia, l'avait emmené du côté des

Everglades afin de lui apprendre à tirer avec le même modèle. Il avait passé l'après-midi à angoisser, à l'idée que *Fat* Jimmy perde ses nerfs, ou que quelqu'un les voie et les dénonce. C'en eût été fini de sa carrière.

Albert glisse l'arme et quelques vêtements propres récupérés en bas de l'armoire, dans un sac à dos vide accroché au montant d'une chaise. Puis retourne dans l'immense vestibule et fouille les poches du mort. Comme si tout cela était normal, des gestes quasi naturels qu'il n'arrive pas à s'expliquer. Le smartphone qu'il y trouve se déverrouille avec une empreinte digitale. Pas le choix. Il repart au bas de l'escalier, retourne le cadavre et approche le pouce droit de l'écran. Albert compose un numéro qu'il connaît par cœur. Puis, après avoir tout refermé derrière lui, il quitte les lieux. Fuir avant que l'on découvre le cadavre. Fuir encore…

— Pourriez faire attention, quand même !

Tout à ses pensées, Lezcano a été à deux doigts de se faire renverser par une voiture reculant pour se garer. Il est sur un parking. Le conducteur extrait du coffre de son énorme berline un sac de golf. Apparemment, la douce colline sur l'autre versant du château s'est métamorphosée en parcours. *Centre international d'entraînement au golf – Ilbarritz*, comme écrit sur le panneau à l'entrée. Tant de choses ont changé depuis son adolescence à Bidart ! Outre le centre du village, qui a fait l'objet d'attentions particulières, réaménagement de la place et nouveaux bâtiments (la Poste devenue un restaurant !), la périphérie a, elle aussi, été modelée, modifiée et aménagée. Ainsi, à la frontière entre Biarritz et Bidart, un golf neuf trous et un practice sont dorénavant l'attraction principale du quartier d'Ilbarritz.

Lui, la petite balle, ça n'a jamais trop été son truc. Il avait bien pris une carte de membre au Biltmore Golf Course à Coral Gables, qui avait l'avantage d'être assez loin de Fountainbleau pour lui éviter de tomber sur ses partenaires de cancha, mais assez près tout de même pour qu'il n'ait pas à traverser toute la ville. Il avait pratiqué un peu pour occuper ses longues matinées, seuls moments *off* de la journée, mais il s'était vite ennuyé, autant du jeu, pas assez rapide, pas assez engagé, que des conversations de ses partenaires de parcours, pour la plupart des retraités en boucle sur leur dernière Cadillac et le bonheur de vivre en Floride.

Oui, Bidart et la région ont changé, mais le choc est bien moindre que celui ressenti quand, durant l'été (de quelle année, déjà ? 1985 ? 1986 ?), il avait quitté Tardets pour la côte. L'agitation, le bruit en permanence, partout la foule, la cohue de touristes, le va-et-vient continuel des voitures… les plages surpeuplées et les surfeurs, vivant dans leurs camionnettes Bedford ou Volkswagen garées en bord de plage… Il en voyait pour la première fois. Après s'être débarrassés de leurs combinaisons faites dans une sorte de caoutchouc noir, ces gars aux cheveux longs, entourés de jolies filles vêtues de saris, se regroupaient souvent près du petit muret pour écouter l'un d'eux jouer sur une guitare des tubes venus d'Amérique.

Ses copains s'étaient bien foutus de lui quand il avait remarqué à voix haute que leur tabac avait une odeur très particulière ! La nuit venue, il se laissait embarquer dans une des discothèques des environs : la Licorne, la Tupina ou le Dandy… Tout dépendait de l'animation annoncée, la plupart du temps des soirées sponsorisées par des marques d'alcool, mais aussi et surtout du choix des filles rencontrées sur la place au moment de l'apéritif (« apéro » n'était pas encore devenu la norme). Albert était un agneau blanc. Totalement. Décalé, démuni, désorienté. Déjà.

19

Laurence, Jules et les autres policiers de la brigade comparent leurs renseignements sous le regard bienveillant de Jean-Paul Belmondo, plus voyou que flic avec sa casquette et son cigarillo. À côté, sur le grand calendrier de l'Aviron bayonnais, sourient, en version photos d'identité géantes, les nouvelles recrues venues de France et de l'étranger, ainsi que les gars formés au club. Les fringants demis d'ouverture Ordas et Dolhagaray, les centres Lestrade et Muscarditz : quelle équipe ! Celle de la remontée, qui durant toute la saison a su les faire vibrer, lui et tout le public du stade Jean-Dauger, songe le brigadier Larronde, rapidement ramené à la réalité par Laurence :

— Larronde, ça vous dirait de nous faire profiter des résultats de vos recherches sur Lezcano ?

— Oui… Albert Étienne Lezcano, né le 22 janvier 1969 à la maternité de Saint-Palais, fils unique de Lucien

Lezcano, menuisier, et d'Émilie Cazenave, sans profession, domiciliés à Tardets-Sorholus. Le jeune Albert a grandi là-bas avant de venir habiter à Bidart durant ses années de sport-étude à Bayonne. A commencé à jouer à la pelote à main nue puis à la pala sur le fronton place libre du village, avant de passer à la cesta punta. Sport-étude donc, quelque temps à Bidart, à vivre de petits boulots fournis par la mairie jusqu'à ce qu'il signe son contrat pour le Jaï Alaï, à Miami, où il réside depuis. Adresse actuelle inconnue.

— Personnalité ?

— Selon ses anciens camarades de collège avec qui j'ai pu m'entretenir rapidement, c'était un jeune gars assez solitaire, sans beaucoup d'humour, de chaleur ni d'empathie, qui ne s'animait qu'avec son chistera noué à la main droite. Quand il n'était pas au trinquet ou au fronton, il aidait son père à l'atelier de menuiserie et, durant la saison, il l'accompagnait à la chasse dans leur palombière installée du côté du Chapeau de Gendarme.

— Où ça ?

— Le Chapeau de Gendarme : une colline sur le territoire de Lichans-Sunhar, pas loin de Tardets. Joli coin.

— Poursuivez, Larronde. On fera du tourisme quand on aura attrapé Lezcano.

— Pour l'instant, je n'ai pas beaucoup plus d'informations sur Lezcano. Aucun véritable ami d'enfance ni de jeunesse, pas d'histoire d'amour marquante à part une relation de jeunesse éphémère avec une fille du village, puis quelques copines à Bidart. Bref, pas vraiment le genre à traîner les samedis soir au Coucou des Bois…

— Le Coucou des Bois ? Mais qu'est-ce que vous racontez ?

— La discothèque du coin, sur la route de Mauléon. Tous les jeunes Souletins y sont allés au moins une fois. Moi par exemple, qui suis né à Chéraute, non loin de là… Par contre, les ados labourdins allaient plutôt à Lapitxuri. Vous connaissez certainement la chanson : « Lapitxuri, le rendez-vous de nos dimanches après-midi… »

— « La pitchouli », maintenant ! OK, Larronde, c'est bon. Vous n'allez pas non plus me raconter votre adolescence et vos exploits, ni me détailler tous les endroits de la région aux noms étranges… Bientôt, je vais apprendre qu'il y a au Pays basque un lac qui s'appelle la Culotte de la Crémière et une chapelle qui se nomme Notre-Dame-des-Gratte-Bonbons ! Continuez plutôt à fouiller la vie de Lezcano. Et toi, Jules, tu files à Tardets demain matin avec la petite Camille. Ça lui fera un bon entraînement.

20

Ces six heures d'attente recroquevillé dans un fourré au bord de la route l'avaient épuisé.

Par précaution, Albert s'est couché à l'arrière de la petite camionnette, brinquebalé contre les parois de la carrosserie à chaque cahot. Même si, enfant, il en avait pourtant l'habitude, l'odeur prégnante du fromage de chèvre lui retourne l'estomac.

Il s'était promis de ne pas la contacter lors de son séjour au Pays basque, d'éviter de la mêler à quoi que ce soit. Mais les circonstances ont changé et le voilà à bord de cette antédiluvienne Citroën C15 qui se traîne à travers la campagne. D'emblée, elle a choisi de suivre les petites routes plutôt que d'emprunter la partie d'autoroute qui, via Salies-de-Béarn, permet maintenant de gagner une bonne demi-heure sur le trajet entre la côte et la Haute-Soule. Aucun des deux ne prononce le moindre mot. Elle se contente de conduire, lui d'amortir les secousses. Les panneaux des villages défilent. Albert comprend qu'elle le mène vers leur fief : Tardets. Ce n'est certainement pas la meilleure destination, mais a-t-il le choix ? C'est elle qui, soudain, brise le silence :

— Mattin Gozategui, c'est toi ?

— Oui.

— C'est pour ça que tu es revenu ?

— Oui.

— Et maintenant, la police sait que c'est toi.

— Je pense, oui…

Cinq minutes plus tard, Marie Espilondo reprend la parole :

— Je n'ai pas pu venir avant. J'étais au marché et il a ensuite fallu que je passe ramener les fromages non vendus. J'ai eu le temps de réfléchir et je ne sais pas où je peux te planquer à part chez moi au village. Tu vas rester dans la cache de la bergerie. Ce sont mes grands-parents qui l'avaient aménagée pour les réfugiés espagnols qui passaient par la montagne, au-dessus de Larrau, pendant la guerre civile. Elle est dissimulée derrière un faux mur. Indécelable. Dedans, c'est sommaire mais habitable. Personne ne connaît l'existence de cette pièce. Franchement, je n'ai aucune autre solution à te proposer.

— Merci, Marie. Tu n'es pas obligée.

— Je ne crois pas avoir le choix. C'est sans doute la plus belle connerie de ma vie, mais je ne peux pas laisser tomber mon seul amour. Mon premier et seul amant, la seule personne qui peut-être m'a jamais comprise.

— Merci, Marie.

— Tu vas me remercier à chaque fois que je dis quelque chose ?

Après avoir traversé le village de Tardets et salué quelques connaissances d'un geste de la main, Marie entre en marche arrière dans l'allée menant à sa ferme située à la sortie de Trois-Villes. Une fois le moteur éteint et après avoir vérifié qu'il n'y a personne, elle ouvre le hayon arrière de la camionnette.

— Allez, prends ton sac. D'abord, on mange, puis je te montre où est la cache. Ensuite, fais-moi plaisir, tu ne bouges pas. Pas pour l'instant.

— Tu as raison. Je ne vois vraiment pas comment ils viendraient me chercher ici, mais on ne sait jamais.

— Sage décision. En attendant, va prendre une douche : je crois que tu en as vraiment besoin. Et tu n'as qu'à utiliser ma brosse à dents.

Si seulement elle pouvait parler ! Albert n'est pas du genre bavard ni gêné par le silence, mais là, à cet instant, il aurait donné n'importe quoi pour que Marie prononce ne serait-ce qu'un mot. Il étouffe dans ce petit salon à la lumière tamisée et chaque fois qu'il regarde le plafond déjà bas, les larges poutres semblent descendre un peu plus. Le repas, frugal, s'est déroulé au rythme du cliquetis des couverts. Au moins il y avait eu du bruit !

Là, alors qu'ils sont assis face à face dans les deux gros fauteuils élimés, Marie tournant dans ses mains son verre de patxaran (lui déteste cet alcool local à base de prunelles sauvages, comme d'ailleurs à peu près toutes les liqueurs), Albert a l'impression de jouer au jeu du silence contre plus fort que lui. Impressionnante Marie ! Lui, le spécialiste des cachotteries, des informulations, des secrets et des mystères, il voudrait crever tous les non-dits. Se libérer. Mais il n'y arrive pas. Ne sait comment faire. Il est resté seul trop longtemps. A perdu le mode d'emploi.

La dernière fois qu'ils se sont vraiment parlé, c'était il y a au moins sept ans, à Miami. Les autres étaient tous repartis en France et il ne restait plus que lui, mais il ne pouvait s'empêcher d'être continuellement sur ses gardes. Comme si, à tout moment, quelqu'un allait venir le contredire, le moquer, le stigmatiser.

La discussion s'était passée dans son petit condominium entre l'aéroport et le Jaï Alaï, fenêtres fermées, climatisation à fond. Marie revenait d'une des visites de la ville qu'elle effectuait l'après-midi tandis qu'il enchaînait les quinielas sur la cancha. Ce jour-là, en rentrant, elle lui avait demandé pourquoi, puisqu'il avait vraiment décidé de rester à Miami, il ne déménageait pas dans un quartier plus agréable. Il existait des coins bien plus sympas que Fountainbleau. Sûr, il n'avait pas les moyens de résider à Key Biscayne ou à Coconut Grove, mais il pouvait trouver quelque chose un peu éloigné de ce foutu aéroport. Albert avait répondu qu'il s'en fichait. Ici ou ailleurs. Alors, pourquoi ne voulait-il pas rentrer au pays ? À Tardets ou dans les environs ? La pelote à Miami, c'était terminé. Elle s'en rendait compte chaque fois qu'elle venait le retrouver : les bancs du fronton étaient de plus en plus clairsemés. On y voyait de plus en plus de sans domicile fixe venus y chercher de l'ombre pour la journée, les *homeless* avaient remplacé les stars du cinéma, de la chanson et du sport qui s'y pressaient à l'époque dorée. Albert s'était soudain emporté. Qu'est-ce qu'elle y connaissait ? Elle, elle n'avait pas vu Paul Newman, John Travolta… The Miami Casino and Jaï Alaï, *the place to be,* robes de soirée et voituriers, homards et champagne…

On y tournait des films où les pelotaris jouaient les figurants de luxe et les doublures, comme dans *Pair et Impair*, avec Terence Hill et Bud Spencer. C'était d'ailleurs Jean-Pierre Etcheverry, le meilleur pelotari de l'époque, affublé d'une perruque et un édredon sur le ventre, qui avait été choisi pour doubler le robuste Bud Spencer dans les scènes d'action sur la cancha. Doucement, tendrement, Marie lui avait pris la main. L'âge d'or était fini et il n'y avait plus que des hamburgers rassis et des sodas sans bulles récupérés au fast-food de la 36e Rue. Rien ne serait plus comme avant, au Miami Jaï Alaï du 3500 Trente-Septième Avenue nord-ouest. Pourquoi Txiki préférait-il ruminer dans son petit trois-pièces, passer ses journées à regarder la télévision en pédalant sur son vélo d'appartement ? À Tardets, au moins, on faisait du jogging avec une vue. Comme à son habitude, Albert s'était fermé, avait retiré sa main de celle de Marie et avait quitté l'appartement. À son retour, elle était partie, et elle n'était jamais revenue.

Aujourd'hui, elle n'a pas l'air de vouloir céder. Elle fixe Albert de ses yeux noirs. Il sent qu'elle ne bougera pas tant qu'ils n'auront pas parlé. Il pourrait fuir encore une fois mais il est fatigué.

— Marie, on ne va pas tourner autour du pot. Je sais que tu as des questions. Pose-les, j'y répondrai sans rien te cacher.

— Comment as-tu fait ? Dans le journal, ils disaient qu'il s'agissait d'une mort accidentelle.

— Avec mon chistera. J'ai visé la tempe. Je me suis entraîné durant des mois et, franchement, je n'étais pas certain que ça fonctionnerait. Je lui ai donné rendez-vous devant le fronton, comme ça on ne pouvait pas se rater. J'ai attendu caché dans un recoin contre la mairie, et quand il est arrivé j'ai lancé la pelote… et je l'ai touché.

— Et si ça avait foiré ?

— Le temps qu'il réalise et qu'il comprenne quoi que ce soit, j'avais la possibilité de fuir par le petit sentier qui descend jusqu'au parking du lavoir, où j'avais garé ma voiture.

— Et tu aurais trouvé un autre truc pour l'éliminer ?

— Non. Je voulais qu'il meure par quoi il avait péché : la pelote, le jeu avec lequel il m'a humilié, rabaissé. Si ça n'avait pas marché, j'aurais laissé tomber. J'en aurais juste profité pour passer quelques jours au pays.

— Et tu m'aurais contactée ?

— Franchement ? Non. Tu m'aurais interrogé sur mon retour et je ne voulais pas te mêler à tout ça, devoir te confier ce que j'étais venu faire…

— C'est réussi ! On l'a trouvé vers sept heures du matin. Comment as-tu fait pour l'attirer là-bas si tôt, au lever du jour ?

— Je l'ai appelé sur son téléphone fixe, et lui ai fait croire que je vendais une maison de famille dans le centre de Bidart, mais que je devais absolument prendre l'avion de neuf heures pour Paris. J'ai déguisé ma voix, j'étais presque certain qu'il allait me reconnaître, qu'il allait me dire : « Txiki, c'est quoi, ces conneries ? » Mais non. Faut croire que rien ne pouvait m'empêcher d'aller jusqu'au bout.

— Pourquoi ?

Albert attendait la question. Lui-même se l'était posée maintes et maintes fois depuis qu'il était en cavale. Et maintes et maintes fois il y avait répondu sans regrets, sans remords. Mais là, dire les mots à voix haute lui semble difficile : ce serait ouvrir le foutu sac rempli de rancunes, de colères et de haines qu'il trimballe depuis tant d'années.

— Tu sais pourquoi. Parce qu'il m'a toujours pourri la vie ! Déjà, à Bidart et au sport-étude j'étais le souffre-douleur : il se foutait tout le temps de moi, souvent devant tout le village. À Miami, ça a empiré. J'ai toujours pensé qu'il perdait exprès les quinielas qu'on jouait ensemble.

Mais qu'est-ce qu'il en avait à foutre ? C'était Mattin Gozategui, l'arrière star, l'intouchable. Les parieurs lui pardonnaient car ils savaient qu'il remporterait la prochaine avec un autre partenaire. Mais moi ! Vu que je perdais toujours avec lui, ça a bousillé ma confiance. Petit à petit, jour après jour. Les autres gars le sentaient et râlaient quand ce foutu ordinateur me désignait pour jouer avec eux, et les parieurs également. À cause de lui, je me suis retrouvé dans une spirale infernale, mon salaire a été divisé par deux et chaque jour au Jaï Alaï est devenu un enfer. Tu l'as bien senti à chaque fois que tu es venue me voir.

— Fagalde et Lecuona, ils pensaient quoi, de tout ça ?

— Que c'était faux, que je me faisais des idées, que j'étais totalement parano. Bien sûr…

— Et ça valait le coup de tuer quelqu'un pour ça ?

— Parce que tu crois que ça s'est arrêté là ? Et le coup du lotissement sur Pinecrest ? C'est lui qui m'a suggéré, ou plutôt fermement conseillé d'investir. Gozategui, l'empereur des bons coups, Monsieur Je-connais-tout-le-monde à Miami. Résultat, je lui ai fait confiance et j'ai perdu tout ce que j'avais mis de côté, tout l'argent qui m'aurait permis de revenir ici la tête haute et d'y vivre correctement.

— Fagalde et Lecuona aussi ?

— Non. Eux ont misé beaucoup moins.

— Et pourquoi toi, tu as investi plus qu'eux ? Peut-être parce que, malgré vos différends, tu le voyais toujours comme quelqu'un de solide et de sérieux ? Quelqu'un qui, contrairement à toi, avait su se créer un véritable réseau en ville ? Quelqu'un qui était considéré et qui t'a toujours un peu impressionné ?

— Mais de quoi tu parles, Marie ? D'ailleurs, tu veux savoir ce qui m'a décidé à franchir le pas ? Il y a trois mois, la Fédération française de pelote basque a organisé un événement pour annoncer la tenue des prochains championnats du monde à Biarritz : grande soirée avec maires, députés et tout le gratin, matchs d'exhibition et remise de médailles pour ceux qu'ils appellent les légendes du sport. Ils y étaient tous ! Fagalde, Lecuona, les anciens comme Camy et Michelena, et même ceux d'Hegoalde ! Ils ont tous reçu une foutue médaille, alors que, semble-t-il, je n'ai même pas été mentionné ! Sur quoi je tombe, quelques jours plus tard, sur le site Web de *Sud-Ouest* ? Une grande interview de Mattin dans laquelle il raconte nos années à Miami… sans jamais citer mon nom ! À croire que je n'ai jamais existé ! Mattin Gozategui ? Un enfoiré ! Et qui, en plus, m'a piqué la femme de ma vie !

Quel con ! Mais quel con ! Albert s'arrête net. Il se rend compte de la portée des mots qu'il vient de prononcer. Parler de Karin comme de la seule femme qui ait compté dans sa vie alors qu'il a devant lui la seule qui, malgré les écueils et la distance, est toujours demeurée à ses côtés… L'unique qui, depuis leur liaison d'adolescents, lui est restée fidèle et loyale. Une femme éperdument amoureuse d'un homme qui l'a si souvent délaissée. Une femme qui, à chacune de ses sollicitations, lors de ses crises de solitude, quittait tout pour venir le rejoindre à l'autre bout du monde, confiant le troupeau de brebis et la production de fromages à la laiterie voisine. Sans jamais se plaindre, sans jamais le questionner, sans lui faire le moindre reproche.

— Tu sais que ça me fait beaucoup de mal d'entendre ça ? Mais depuis quand de toute façon tu te préoccupes des sentiments des autres ? Je réitère ma question : ça valait le coup d'éliminer quelqu'un pour des histoires d'ego mal digérées, surtout quand tu connais cette personne depuis des années et des années et qu'elle a fait partie de ton quotidien pendant près de quarante ans ?

Albert ne l'écoute plus.

— En plus, il a tué Karin, j'en suis certain. Elle ne s'est pas noyée toute seule.

— Tu délires complètement ! Tu as des preuves ? Tu vivais à des milliers de kilomètres de là, mais toi, tu sais exactement ce qui s'est passé sur cette plage de Bidart ?

Il ne sait plus que dire. Le visage de Marie s'est durci, il n'y a plus ni amour, ni admiration, ni bienveillance. Que de la déception.

— Oui… Peut-être… Non. Non, bien sûr… Je regrette, Marie, je m'en veux. Mais ce qui est fait est fait… C'est comme ce type, ce matin : il est trop tard.

— Quel type ?

— Rien !

— Rien ? Bien sûr ! Tu es seul, en cavale, tu m'appelles pour que je vienne te chercher d'urgence à Bidart, je te retrouve caché dans les fourrés et voilà que ce matin, tu aurais rencontré un type… ? Et vous êtes allés boire un café en terrasse ? Prends-moi pour une conne ! C'est quoi, cette histoire ? Albert, réponds !

— J'ai tué un autre homme. Ce matin. Le concierge du château d'Ilbarritz. J'ai voulu m'y cacher en pensant qu'il était vide, et le type m'a trouvé. Je l'ai bousculé, il est parti en arrière dans l'escalier, et voilà.

Stupéfaite, Marie se lève du fauteuil et arpente la pièce. Albert ne l'a jamais vue dans cet état. Doit-il la prendre dans ses bras ? La rassurer en lui disant que tout ira bien ? Lui proposer de s'enfuir tous les deux, de rattraper le temps perdu et de vivre enfin comme des amoureux ? Albert ne sait pas quoi faire. Lui ne connaît que les matchs, les tournois, où tout n'est que rapport de forces.

— Je ne l'ai pas fait exprès ! Il est tombé en arrière ! C'était un accident. Tu sais ce que c'est, Marie, un accident ? Qu'est-ce qu'on fait ? Tu vas appeler les flics ?

Nullement impressionnée, Marie lui répond fermement :

— Je ne vais pas te dénoncer. Par contre, j'en ai assez entendu pour la soirée. Prends ton sac à dos et suis-moi. Je vais te montrer tes nouveaux appartements.

21

La messe funéraire pour Mattin Gozategui vient de s'achever. En quittant l'église Notre-Dame-de-l'Assomption, la foule se disperse lentement sur la place Sauveur-Atchoarena. Le soleil brille et, une fois de plus, la douceur domine et enveloppe Bidart en cette fin d'après-midi de début d'automne. Dans l'espace qui sépare l'hôtel Elissaldia de la mairie, on peut apercevoir l'océan bleu cobalt, barré de quelques festons blancs sur lesquels glissent les surfeurs. Tandis que des gamins font claquer leur pelote sur le fronton, de petits groupes se forment en discutant à voix basse. Il y a le maire et ses adjoints, les entrepreneurs et commerçants du village, le principal concessionnaire automobile de la région et d'autres notables venus de toute la Côte, ainsi que les membres, jeunes et anciens, des clubs de rugby et de pelote basque. Les anciens, amis du défunt, se dirigent vers le bar-restaurant. Laurence et Jules observent tout ce petit monde, s'imprègnent de l'ambiance en laissant traîner l'oreille.

— Madame Etcheverry. Et son assistant, j'imagine ?

— Monsieur Sallaberry, bonjour. Mon adjoint, le lieutenant Jules Gosselin.

— Enchanté, jeune homme. Vous avez déjà rencontré Joseph et je crois que vous connaissez aussi mes amis Xabi Fagalde et Hervé Lecuona.

Si Laurence avait pensé se fondre dans la foule incognito, c'est raté. Max Sallaberry, Hervé Lecuona et Xabi Fagalde se tiennent devant Jules et elle et ne semblent pas vouloir les lâcher de sitôt.

— Comment avance votre enquête ? Vous avez pu localiser Txiki ? Et vous pensez toujours qu'il a tué Mattin Gozategui ? lance Lecuona sans détour.

— Il est dans la région sous un faux nom. Une amie de M. Sallaberry l'a d'ailleurs aperçu ici, dans le village. Nous cherchons à le localiser.

Laurence s'apprête à les quitter quand Xabi Fagalde l'interpelle :

— Pour vous, c'est donc un assassinat. Et votre hypothèse est qu'il l'aurait tué avec un chistera ?

Laurence soupire.

— Nous explorons cette piste. D'ailleurs, nous avons été avertis hier matin qu'une pelote a été retrouvée par un employé municipal en train de nettoyer l'aire de jeux, contre l'église. Elle est en cours d'analyse.

— Si Albert était le meurtrier, il n'aurait pas été assez stupide pour la laisser là.

— Je crois qu'après avoir heurté la tempe de M. Gozategui la pelote a roulé sur les dalles de la place jusqu'à l'aire de jeux en contrebas. Le jour s'étant déjà levé et la place n'allant pas tarder à se remplir dès l'ouverture des bars-restaurants, le meurtrier ne pouvait pas s'attarder à la chercher au milieu des toboggans et des balançoires. Nous avons raté Lezcano à l'hôtel de l'aéroport de Biarritz où il logeait, il a fui juste avant. L'un de vous aurait une idée de l'endroit où il pourrait se trouver ? Quelqu'un à qui il pourrait avoir rendu visite ? Ici ou à Tardets ?

Hervé hoche la tête.

— Ici, à Bidart ? Cela me paraît impossible. À Tardets ? Je ne vois pas non plus. Ses parents sont tous les deux morts, son oncle et ses deux tantes aussi.

— Un ami d'enfance ? Une ex-petite amie ? demande Jules.

— Dès qu'il est arrivé à Bidart, il a coupé les ponts avec tous ses copains d'école et ses partenaires de pelote de Tardets. Ce fut radical.

Les trois hommes réfléchissent, s'interrogent du regard. Xabi Fagalde claque des doigts.

— Il y avait bien cette fille… Hervé, tu te souviens ? Elle est venue le voir plusieurs fois à Miami, mais il ne nous l'a jamais présentée. Toute l'équipe l'avait remarquée car pendant les matchs elle était assise toute seule sur la rangée la plus haute sans bouger de l'après-midi ni parler à quiconque. Et aucune jeune femme seule ne restait la journée à regarder les parties, surtout sans parier. Sauf pour venir voir jouer son fiancé !

— Oui, ça y est ! Je me souviens d'elle. Des joueurs cubains les avaient croisés tous les deux sur la calle Ocho, dans Little Havana. Ils l'avaient charrié toute l'après-midi le lendemain au Jaï Alaï et, après avoir juré qu'il ne voyait pas de quoi ni de qui ils parlaient il avait fini par avouer sous la pression que c'était une amie d'enfance venue du Pays basque…

Laurence sentit des frissons courir le long de ses bras. Elle alla même jusqu'à presser l'épaule de Jules.

— Vous vous souvenez de son nom et de son prénom ?

— Vous rigolez ? On ne l'a jamais rencontrée, il ne nous en a même jamais parlé. Mais les Cubains ne l'avaient pas lâché, et pour qu'ils lui fichent la paix je me rappelle qu'il s'était finalement laissé arracher son prénom. Comme le nouveau morceau de Santana qui venait de sortir à ce moment-là et qu'on entendait partout… Ça te revient, Hervé ? Pendant au moins deux semaines, dès qu'il arrivait, tout le monde se mettait à chanter…

— « Oh Maria, Maria »… Marie, bien sûr !

22

Laurence soupire devant son ordinateur portable, posé sur la table en bois occupant la majorité de l'espace de sa petite terrasse. Elle l'aime bien, son petit chalet du quartier des Arènes, vieillot à l'extérieur mais totalement rénové à l'intérieur. François, lui, regarde la télé. Un match de rugby, pour changer ! Elle relit encore une fois tout ce qu'ils ont pu trouver sur Marie, la fameuse amie d'enfance de Lezcano. Pas grand-chose, à vrai dire. Dès qu'elle a eu l'information, il a été facile pour la brigade de trouver ses identité et adresse : Marie Espilondo, cinquante-deux ans, productrice de fromages et de caillés de brebis à quelques kilomètres de Tardets. Comme Laurence s'en doutait, il n'y avait rien sur elle dans le fichier des personnes recherchées, rien non plus dans le système API-PNR, le contrôle des déplacements aériens, tout du moins pour l'année écoulée. Sa fromagerie est bien membre de la Coopérative laitière locale et son fromage de brebis ossau-iraty, qu'elle vend principalement sur les marchés, est très bien noté sur Facebook par les touristes de passage. D'ailleurs, à part ses bêtes et ses tommes, elle ne poste aucune photo personnelle. Est-elle liée à cette affaire ? Laurence en doute. Son profil et sa personnalité n'en font pas un suspect de premier rang. De toute façon, il est prévu que Jules et la petite Camille se rendent chez elle afin de l'interroger. Peut-être existe-t-il des secrets entre elle et Lezcano ? Tout le monde a des secrets, Laurence en est persuadée. Même elle. Même François, avec son air bonhomme et sa cuisine locale. Qui, par exemple, ne lui avait jamais parlé de sa carrière de pelotari avant que Gozategui soit tué.

Elle sent soudain une présence derrière elle.

— Tu fais quoi, ma chérie ?

— Je cherche des infos sur une femme qui semblerait assez proche du meurtrier de Gozategui. Selon ses amis, elle est allée le voir là-bas, à Miami… Elle est née et habite en Haute-Soule comme lui, ils étaient ensemble à l'école communale puis au collège. On n'en sait pas beaucoup plus.

— Ah bon ? Le type que tu recherches serait de la Haute-Soule ? C'est vraiment superbe par là-bas. Paumé mais superbe. Et tu penses qu'elle pourrait le cacher chez elle ?

— On n'en est pas là. À vrai dire, ça m'étonnerait beaucoup. Déjà, il aurait fallu qu'il trouve un moyen de s'y rendre depuis la Côte. La Haute-Soule, ce n'est pas vraiment la porte à côté. J'ai vérifié : il y a cent vingt kilomètres et environ une heure quarante-cinq de voiture. À moins qu'il ne l'ait appelée et qu'elle ne soit venue le chercher ? Sinon, les recherches continuent autour de Bidart. On aurait aperçu quelqu'un correspondant à son signalement du côté de la plage d'Ilbarritz, mais cela reste vague. Alors je regarde, je parcours, je m'instruis. Par exemple sur cette histoire de Jaï Alaï. J'ai trouvé pas mal de choses par moi-même.

— Par exemple que ce sont les Basques qui l'ont importé aux USA ?

— Pas mal ! Mais quand et où ?

— Miami, dans les années… 30 ?

— Perdu. Les premières parties ont eu lieu en 1904 durant l'Exposition universelle de Saint Louis dans le Missouri. Puis le second fronton américain fut construit au Hialeah Race Course, un hippodrome de Miami, en… 1924. T'étais pas loin. Deux ans plus tard ouvrait le fameux Miami Jaï Alaï, celui où tous tes copains ont joué.

Après, plein d'autres frontons vont être installés : beaucoup en Floride, dans le Connecticut, à Rhode Island, dans le Nevada, à Cuba, à Mexico…

— Partout où il y avait des Basques, en somme. Ils ont été des milliers, dès 1860, à tenter leur chance aux USA et en Amérique latine. Deux de mes cousins ont émigré vers l'Argentine via le port de Montevideo en Uruguay. L'un s'est installé à Buenos Aires, mais le plus jeune est resté en Uruguay. Sinon, les Etcheverry ont toujours fait parler d'eux. On a eu au XIXe siècle un célèbre député à l'Assemblée, Jean-Baptiste Etcheverry, ainsi que deux acteurs qui ont connu leur heure de gloire dans les années 1960 : Robert et Michel. On compte aussi un autre Michel, qui est un chanteur bien connu dans le coin… Et un pelotari, Jean-Pierre, qui a joué à Miami et qui fut même vice-champion olympique de cesta punta aux Jeux de Mexico… Les Etcheverry sont partout !

— The Etcheverry World Company… Ça ne fait pas trop avancer mon enquête, tout ça.

— Peut-être, mais j'ai quelque chose qui va te faire faire un bond de géant. Ça fait presque une semaine que tu n'as que « Jaï Alaï » à la bouche, mais sais-tu ce que cela veut dire en basque ? Le jeu joyeux.

— OK. Sais-tu que cela ne vaut que douze points au Scrabble ? Allez, retourne à ton rugby et laisse-moi bosser.

Laurence repart dans ses recherches. Elle y apprend que le Jaï Alaï de Miami, du temps où le quatuor y excellait, avait été racheté par un financier de Boston qui semblait adorer ce sport, mais plus encore les machines à sous qu'il comptait bien y faire prospérer. Quinze ans d'attente et des joueurs bien traités avant que l'entrepreneur obtienne sa licence de jeux… et revende le tout à un fonds de pension. Des histoires de sous, de joueurs qui touchent en plus un pourcentage sur les bandits manchots, encore des problèmes d'argent, de syndicats, de grèves, puis cette lente descente vers la déchéance. Elle retrouve sur différents sites les noms des quatre mousquetaires, Gozategui, Lecuona, Fagalde et Lezcano. Elle récupère aussi quelques photos où on peut les voir, leurs numéros sur le dos, dans des positions acrobatiques au milieu de la cancha. En voyant défiler des photos de Miami, elle se dit qu'elle irait bien y faire un tour avec François… Flâner sur Miami Beach, s'offrir un tour en hydroglisseur dans les Everglades, pousser jusqu'à Key West pour visiter la maison d'Ernest Hemingway, aller apercevoir l'île de

Cuba depuis la pointe sud de l'archipel… Elle divague, elle divague…

Laurence referme son ordinateur. En admettant qu'elle ait raison, que le Gérard Dupont sur les registres de la compagnie aérienne et de la location de voitures soit bien lui… elle n'a pas de preuves. Et pourquoi aurait-il tué Gozategui ? Quel serait le mobile ? Qu'est-ce qui pousserait un homme à prendre de tels risques ? Revenir dans sa région natale au risque d'être reconnu, tuer de façon aussi aléatoire, partir en cavale ? Des questions, encore des questions, et pas une seule preuve.

Elle doit mettre la main sur Lezcano. Et vite.

23

Marie et Albert ont presque terminé leur petit déjeuner, une fois de plus en silence. De toute façon, de quoi pourraient-ils encore parler, que pourraient-ils encore partager ? Alors retentit la sonnette du portail donnant sur le chemin d'accès.

— Txiki, fous le camp. Retourne dans la planque !

En écartant le petit rideau masquant la vitre de la partie supérieure de la porte, Marie aperçoit deux jeunes gens. Un gars et une fille, rien d'inquiétant. Ils n'ont pas l'air de flics. Manifestement, elle s'est affolée pour rien... Elle précède leurs petits coups sur sa porte vitrée en tournant la poignée et en leur ouvrant la porte.

— Bonjour, vous désirez ? Pour le fromage, je suis fermée. Ce sera demain matin au marché du village.

— Madame Espilondo ? Lieutenant Gosselin, du commissariat de Bayonne, et mon adjointe, Camille Ducasse.

Marie vacille. Il lui faut tenir, ravaler sa peur et faire bonne figure.

— Nous aimerions vous poser quelques questions.

— Bien sûr.

— Vous connaissez Albert Lezcano ?

Marie a bien compris qu'ils ne l'interrogent pas sur Txiki au hasard. Aussi, il serait stupide de nier.

— Oui, je le connais. Ou plutôt je le connaissais. On a grandi ensemble, ici au village. Il lui est arrivé quelque chose ?

— Il s'agit juste d'une enquête de routine. Vous l'avez vu dernièrement ? Vous a-t-il contactée ?

— Albert ? Cela fait des années, voire des décennies, que je ne l'ai pas croisé. Il habite aux États-Unis, vous savez ?

— Oui, nous sommes au courant. Tenez, voici ma carte. Si jamais vous avez de ses nouvelles, appelez-moi. Désolé de vous avoir dérangée.

Après un dernier coup d'œil par la vitre afin de s'assurer que le duo a bien quitté les lieux, Marie rejoint la bergerie mitoyenne à la maison.

— Txiki !

Albert ouvre la porte métallique, qui grince sur ses gonds.

— C'était la police. La police !

— Ils voulaient quoi ?

— Comment ça, « ils voulaient quoi ? » ? À ton avis ? Toi ! Ils te cherchent. Et ce ne sont pas les gendarmes du coin.

— Calme-toi. Ils ne savent pas que je suis ici, sinon ils auraient déjà investi la maison. Ils sont partis ? Je peux sortir ?

— Non ! Pour le moment, tu restes là ! Je n'ai pas envie de me retrouver en prison.

— Et toi, qu'est-ce que tu vas faire ?

— Aller au village, acheter quelques trucs au Vival, passer à la boulangerie, puis écouter ce qui se dit… Tu ne bouges pas d'ici !

Au volant de son petit utilitaire, Marie quitte le chemin de la bergerie pour retrouver la D918, que tout le monde appelle « la route de Mauléon ». En passant devant la gendarmerie, elle aperçoit la Peugeot siglée POLICE NATIONALE des deux flics qui viennent de sortir de chez elle. Que pourront-ils apprendre des gendarmes du coin sur son compte ? Elle les connaît tous depuis des années, la plupart sont des clients qu'elle croise chaque semaine au marché.

Après s'être garée sur la place et être passée à l'épicerie, elle se rend aux Pyrénées, où elle a ses habitudes : voilà plus de quinze ans que, le lundi matin, elle installe son petit stand devant la façade ocre aux volets verts du bar-restaurant, puis y prend son petit café en compagnie des autres étaleurs qu'elle aura déjà vus la veille au marché d'Aramits et qu'elle recroisera le lendemain à celui de Mauléon.

D'emblée, elle se joint à la conversation entre habitués : Jean-Pierre Irastorza, propriétaire de la droguerie-quincaillerie du même nom, Liliane Delanne, ex-guichetière de la Poste (elle connaît tous les événements ayant trait au village, passés, présents, et même futurs), ainsi qu'au fil des matins quelques piliers, majoritairement retraités, appréciant de débuter leur journée avec un café-crème ou un bon verre de blanc : « Ça va, Marie ? — Ça va… Quoi de neuf, aujourd'hui ? — Un accident de voiture, heureusement sans gravité, sur la route de Licq-Athérey, une jeune fille blessée en revenant des gorges de Kakuetta… »

Bien sûr, l'enterrement de Mattin Gozategui avait été commenté : même si leur notoriété dépasse rarement les limites du département, ici les pelotaris, surtout ceux qui ont eu l'honneur d'aller exposer leur talent outre-Atlantique, sont des rois. La discussion enchaîne sur le fils du boucher qui… Marie sourit, Marie écoute. Marie s'excuse : elle doit y aller. Elle sait pertinemment qu'une fois son dos tourné les sempiternelles réflexions vont recommencer : « Et cette Marie, si jolie, si gentille, sans enfants, sans mari. Si ce n'est pas malheureux… » Marie la fermière, qui aura passé toute sa vie au village, seule avec ses brebis, sauf quand elle partait de temps en temps subitement en voyage : pour suivre des cours de yoga au bord de l'océan, à ce qu'elle disait. Du yoga ! Un copain caché, oui ! Marie Espilondo, qui n'a jamais rien eu à se reprocher… jusqu'à maintenant. Aider un meurtrier en le recueillant faisait-il d'elle une complice ? Elle risque la prison, elle en est certaine. Combien d'années peut-elle prendre ? Dix ans, vingt ans, perpète ? Pour un homme qui va de nouveau la quitter et repartir sans un regard, un geste tendre ?

Encore perdu, Marie ! Tu n'avais qu'à pas jouer !

24

— Jules ! T'es où ?

— À la gendarmerie de Tardets.

— Parfait. Tu es passé chez Marie Espilondo ?

— Oui. Il y a moins d'une heure. Rien de spécial.

— Lezcano doit être chez elle ! On a retrouvé un type mort, le gardien du château d'Ilbarritz à Bidart, et avant de mourir il avait appelé le commissariat pour signaler que quelqu'un avait pénétré dans le château et qu'il s'en occupait ! Aucun doute : c'était Lezcano. On a retrouvé le téléphone du gardien dans une poubelle du parking du golf. Le numéro de Marie Espilondo a été composé environ vingt minutes après l'appel au commissariat. C'est Lezcano, Jules ! Vous repartez chez elle, mais avec les gendarmes cette fois-ci. Il est sûrement planqué là-bas. Je t'envoie un mandat de perquisition. On ne pense pas qu'il soit armé, mais faites quand même super gaffe.

— On vous attend ?

— Non. Il y a au moins une heure et demie de route depuis Bayonne. On se rejoint à la gendarmerie. Foncez !

Jules rapporte aussitôt la courte conversation à Camille. Ils en sauront plus quand leur chef les aura rejoints. Jules et Camille roulent juste derrière la camionnette Peugeot Expert des gendarmes. Experts en capture de fugitif, c'est tout ce que Jules leur demande. Ni lui ni Camille n'ont suivi de formation pour savoir comment procéder à une arrestation musclée. Parce qu'ils le pressentent, elle le sera, musclée.

Le convoi s'engage sur le chemin qui mène à la ferme de Marie Espilondo. Sa voiture n'est pas là et la porte de la maison est fermée. Alors que deux des gendarmes se dirigent vers l'arrière du bâtiment afin de vérifier s'il y a une autre entrée, le C15 de Marie Espilondo apparaît dans l'allée. Encadré par les gendarmes, Jules avance dans sa direction.

— Madame Espilondo, vous ne nous avez pas dit la vérité : Albert Lezcano vous a téléphoné.

— Albert ? Jamais de la vie ! Je vous l'ai dit : il vit à Miami et je ne l'ai pas vu depuis au moins trente ans.

— Les gendarmes ici présents ont un mandat pour fouiller votre domicile. Veuillez les suivre, s'il vous plaît.

— Si ça leur fait plaisir… Ils ne trouveront rien.

Quinze minutes plus tard, la perquisition est terminée. Les gendarmes n'ont trouvé personne, ni dans la maison ni dans le petit laboratoire de fabrication de fromages, encore moins dans la bergerie. Quant à l'entretien avec la suspecte, Marie a juste avoué que Lezcano l'avait bien appelée après que Jules lui avait dit que son numéro figurait parmi les appels d'une victime d'assassinat au château d'Ilbarritz. Qu'il lui avait demandé son aide mais qu'elle avait refusé. Et c'est tout. Même sans savoir ce qu'il avait pu faire, elle n'avait pas voulu se créer de problèmes. Fallait-il la mettre en garde à vue et mener un véritable interrogatoire plus poussé, jusqu'à la faire craquer ? Laurence en déciderait.

En l'absence d'une véritable preuve de son implication dans la fuite de Lezcano et surtout sans avoir trouvé le fugitif, les inspecteurs quittent les lieux, mais, persuadé que Marie leur a menti, Jules demande qu'un second véhicule de gendarmerie se gare à l'intersection entre l'allée et la nationale.

Après avoir vérifié que personne ne peut la voir, même et y compris les gendarmes en faction dans leur voiture, Marie rejoint la bergerie et se dépêche d'aller vérifier, derrière la cloison, le loquet qui maintient la porte de la cache fermée de l'extérieur. Elle redescend, regagne son salon et respire. Enfin. Un petit moment de répit avant de se lâcher, de tout lâcher.

25

La porte bouge légèrement. Puis s'entrouvre, juste assez pour qu'il puisse voir un canon de fusil et Marie qui le tient en joue.

— Txiki, ne bouge pas !

— Mais qu'est-ce que tu fais ?

— Ta gueule ! Pas un geste ou je tire. Maintenant, tu vas m'écouter.

Albert recule. Marie a l'air d'une folle. Elle crie et pleure en même temps !

— Txiki, mon Txiki, l'amour de ma vie, l'homme pour qui j'ai tout sacrifié : ma jeunesse, ma vie de femme, mes souhaits, mes espérances… Txiki, cent fois tu m'as promis que je viendrais vivre avec toi à Miami : Mme Lezcano, la femme du célèbre pelotari… Comme j'en ai rêvé… Au lieu de quoi, chaque fois que je suis venue te rendre visite, je devais me cacher, ne pas apparaître devant tes partenaires, te supplier pour avoir, une fois ou deux, l'autorisation de venir te voir jouer… Mais pas dans les travées les plus proches de la cancha, oh non ! Tout en haut, avec les clochards et les ivrognes, que je devais sans cesse repousser… « Tu comprends, Marie, qu'est-ce qu'ils diraient, les autres, s'ils te voyaient ?… Ils ne comprendraient pas… » Ils ne comprendraient pas quoi ? Que tu aies une copine ? Que tu sortes avec une plouc ? Une bouseuse du fin fond de la Soule qui arrivait aussitôt que tu l'appelais ? Marie la gentille, cette bonne poire de Marie, qui faisait le tour du village pour trouver quelqu'un qui la remplace à la ferme et s'occupe des brebis. Encore un coup de chance que cela n'ait jamais eu lieu pendant les périodes de traites. Cette conne de Marie serait venue quand même. Y as-tu pensé ne serait-ce qu'une fois, à la période de la traite ? C'était juste le hasard du calendrier parce qu'au début de l'été le Jaï-Alaï tourne au ralenti et là, tu avais beaucoup plus de temps à toi et tu t'ennuyais. Est-ce que tu m'as remerciée une seule fois ? Non, il était tellement normal que je sois auprès de la grande star pour gérer ses humeurs… Et là-bas, est-ce qu'on allait se balader au bord de l'océan, boire un verre ou manger une glace en terrasse à Miami Beach ? Non : on restait dans ton foutu appart', rideaux tirés, clim' au max, à regarder des émissions de télé à la con dont je ne comprenais pas un mot ! Tu parlais sans cesse de tes problèmes au Jaï Alaï, de tous ces partenaires tellement méchants avec toi. Pauvre petit bonhomme... Mais m'as-tu questionnée une seule fois sur ma vie, sur mes soucis ? La galère quotidienne d'être une femme seule pour gérer la ferme, la traite des brebis deux fois par jour durant l'été, la vente des fromages sur les marchés, tous ces soirs où je me couche épuisée parce que je dois me lever aux aurores chaque matin ? Pas de sorties pour Marie ! Pas de dîners au restaurant ! T'es-tu posé la question de savoir ce que les gens du village pouvaient penser de moi, la pauvre fille qui fut si longtemps un cœur à prendre mais qui, maintenant, ne semble plus intéresser grand monde ? Même Jean-Claude Harismendy, le patron de l'usine d'engrenages sur la route de Montory, tu sais, celui qui m'a fait une cour effrénée durant des années ? Eh bien il s'est finalement marié avec une fille d'Oloron, et ils ont eu trois enfants. Elle vient quelquefois au marché, après avoir garé sa putain de bagnole décapotable rouge, juste à côté, afin qu'elle soit bien visible, m'acheter quelques produits avec un air condescendant. C'est assez rare, parce que madame préfère de loin aller faire ses courses à Biarritz ou à Bayonne. Tellement plus chic ! Alors oui, maintenant, j'ai droit à « Merci, Marie ». Tu ne sais pas faire autrement, n'est-ce pas ? Txiki le rancunier est devenu un meurtrier. Et qui appelle-t-il pour le sortir de là ? Je te le donne en mille ! La gentille Marie… M'aurais-tu contactée si la police ne t'avait pas démasqué ? Juste une visite à la sympathique Marie ?

— Marie, écoute-moi… Je t'en prie…

— J'ai dit : ta gueule ! J'ai été patiente. Assez longtemps. Trop longtemps. Tout à l'heure, j'avais besoin que tu me parles, de savoir, de comprendre. Déjà, ce Gozategui, que tu ne m'as jamais présenté en plus de trente ans, eh bien je suis certaine que c'était un chouette mec. Tu m'as promis tant de choses, comme de revenir ici à Tardets pour y vivre ensemble, tranquilles. Tu disais même vouloir m'aider à la bergerie et au marché. Comment j'ai pu te croire ? L'ex-star de la pelote basque ? Vendre du fromage, et puis quoi encore ? Mais tout le monde t'a oublié et s'en fout, de tes exploits à Miami, mon pauvre Albert. C'était un autre siècle ! Tu voulais retrouver Tardets ? Eh bien, tu y es, et tu n'es pas près d'en partir… Recule ! Txiki, recule ! Je ne veux pas être obligée de t'en coller une dans le ventre… et je t'assure, ce fusil marche très bien. Recule !

Marie repousse la lourde porte et actionne le loquet. Elle doit retourner s'occuper de ses brebis, les soigner et les nourrir. Ah, et il faudra qu'Albert mange un peu, aussi. Ça, ça peut attendre demain. Elle est fatiguée et rêve d'aller se coucher. Quelle journée ! Et demain, c'est jour de marché. En allant à la bergerie, elle regarde la voiture de police garée au bout de l'allée. Des flics devant chez elle ! En quelques heures, sa vie a totalement basculé. Merci, Txiki…

26

Quand Laurence se gare dans la cour de la gendarmerie, un bâtiment de quatre étages fraîchement repeint en jaune et blanc à l'entrée du bourg, Jules et Camille l'attendent déjà, en compagnie du capitaine.

— Madame l'inspectrice, un petit café ?

— Non, merci. Il est déjà très tard.

Autour de la grande table trônant au centre d'une salle de réunion sentant le renfermé (la prochaine fois, il leur faudra aussi penser à ravaler l'intérieur), Laurence reprend le cours des événements :

— L'interrogatoire de Marie Espilondo n'a donc rien donné ? Qui l'a mené ?

Camille lui adresse un petit signe de la main.

— C'est moi, madame. L'inspecteur Gosselin a pensé que si c'était une femme…

— Il a eu raison. Et comment l'avez-vous sentie ?

— Elle ment. Une intuition. C'était très court. Nous n'avions rien comme moyen de pression, à part le coup de téléphone qu'elle a reçu de Lezcano, mais elle nous a juré qu'elle avait refusé de le voir et surtout de l'aider. La fouille de la ferme n'a rien donné.

— Très bien. J'ai eu les résultats du labo : l'ADN de Mattin Gozategui figure bien sur la pelote retrouvée à Bidart. Une raison de plus pour conforter notre thèse. La nuit est tombée et on ne peut plus agir avant demain matin. Capitaine, pouvez-vous nous recommander un hôtel ?

— J'ai déjà réservé trois chambres à vos noms.

Le lendemain aux aurores, dans la salle à manger de l'hôtel Piellenia, Laurence, ses deux adjoints et le capitaine de gendarmerie font le point.

— Capitaine, savons-nous où la suspecte se trouve actuellement ?

— Au marché, sur la place de Tardets. J'avais fait poster une voiture devant son domicile, qu'elle a quitté un peu avant six heures ce matin. Mes hommes l'ont aussitôt suivie jusqu'au village, où, comme d'habitude, elle a installé son stand devant Les Pyrénées, un bar-restaurant sur la place du village. Une institution.

— Et elle y est toujours ?

— Certainement. Mes deux hommes ont levé la surveillance. Elle ne bougera pas avant la fin du marché.

— Mon capitaine, j'imagine que vous la connaissez personnellement ?

— Nous sommes un petit village et tout le monde connaît tout le monde.

— Votre opinion ?

— Marie Espilondo est une personne à fort caractère, une vaillante qui mène sa barque avec autorité. Depuis presque dix ans que je suis en poste ici, je ne l'ai jamais vue avec un homme. Bien qu'elle n'ait pas manqué de prétendants. Je suis donc surpris qu'elle puisse être en lien avec la personne que vous recherchez, cet Albert Lezcano.

— Merci, capitaine, je vais aller me rendre compte par moi-même, me faire une idée sur cette Marie Espilondo. Jules, Camille, vous m'accompagnez ?

À peine dix minutes plus tard, le trio arpente la place, passant sous les arcades sombres et fraîches, se faufilant entre les camionnettes blanches des vendeurs garées contre les stands des producteurs locaux recouverts de barnums blancs. Aucun des trois ne prête réellement attention aux produits fermiers proposés par les camelots : fruits et primeurs cultivés dans les champs au bord du gave de Saison, jambons des Aldudes et salaisons, cidre basque et vins d'Irouléguy… Ils se glissent parmi les touristes, pour la plupart des couples amoureux de l'arrière-saison dans la région, et les figures du village, des vieilles dames au visage rude et tanné, entièrement vêtues de noir, se déplaçant d'un pas lourd, leur panier de courses à la main. « *Egun on,* Maïté, *zer moduz ?* » Ici l'on parle basque, pas comme sur la Côte, où la langue du pays semble presque oubliée.

Marie a tout de suite repéré les deux jeunes flics qui sont venus deux fois chez elle, cette fois-ci accompagnés d'une autre femme, plus âgée. Elle se doutait bien qu'ils la surveilleraient, surtout après avoir été obligée d'avouer qu'elle avait parlé à Txiki. Qu'importe. Ils vont certainement la suivre pendant un moment, épier ses faits et gestes, puis ils finiront par se lasser.

27

À la fin du marché, Marie prit son temps, histoire de bien faire mariner les flics. Elle dégusta un café-crème aux Pyrénées, salua tous les amis et se rendit tranquillement jusqu'à sa camionnette. Avant de mettre le moteur en route, elle vérifia dans le rétroviseur que les flics la suivaient toujours. Ils étaient bien là. Arrivés à la ferme, ils se garèrent au début de l'allée. Très naturellement, Marie déchargea les tommes invendues, rangea yaourts et caillés dans le gros réfrigérateur, donna du foin aux filles et au bélier, puis se mit à son déjeuner.

Ah oui ! Il va falloir aussi porter quelque chose à manger à Txiki… La petite pièce bénéficie d'une aération imaginée par son grand-père et de toilettes sèches. Il ne va pas se plaindre, non plus !

Marie s'évertue à minimiser les faits, prendre tout ça comme une sorte de blague, mais au fond d'elle elle sait qu'elle est coincée. Tout à l'heure, suivie par la Skoda Kodiaq des gendarmes, elle avait commencé à étudier les possibilités qui s'offraient à elle. En fait, aucune, à part relâcher Albert, plus tard, quand sa propre colère serait apaisée.

S'il tombe aux mains de la police, il y a de fortes chances pour que ce pleurnicheur raconte tout, y compris sa séquestration, même si, de son côté, elle voit plutôt ça comme une simple punition : le petit Txiki n'a pas été sage ? Au cachot ! Un avant-goût de ce qui l'attend après avoir été arrêté. Parce qu'il va bien finir par se faire coincer. Ils viendront, trouveront la petite pièce et l'arrêteront… Et alors ? À force de s'isoler, surtout par la faute d'Albert, elle n'a personne à qui se confier, à qui demander conseil. Ses parents ? Décédés. Sa sœur ? Dans sa pampa argentine depuis plus de trente ans, allergique aux ordinateurs et au téléphone, se fendant d'une carte postale, toujours la même, pour Noël et son anniversaire : vue générale de la place de l'Indépendance à Mendoza. Pas d'amis ni même de copines. Bien sûr, elle aime plaisanter avec les Atharratzar, qu'elle connaît tous personnellement. Oui, c'est comme ça qu'on appelle les habitants de Tardets-Sorholus, commune de même pas six cents âmes, un village qu'elle aime tant. Atharratzar : cela fait toujours son petit effet, surtout parmi les touristes qui, l'été, se pressent pour goûter puis acheter son ossau-iraty au fin goût de noisette. De toute façon, le vin, le fromage, tout ce qui se consomme a désormais un goût de noisette… Et tout est moelleux. Un fromage moelleux au fin goût de noisette. Elle va en couper quelques tranches qu'elle apportera à Txiki, avec du pain et des fruits. Cela doit faire bien longtemps qu'il n'a pas dégusté un bon *ardi gasna* du pays, de son pays.

Marie finit son café et prépare une assiette de fromage, des fruits et une bière locale (Tu vois, Albert, je ne suis pas si méchante), puis se dirige vers la bergerie, non sans avoir récupéré son fusil, un cadeau de son père qu'elle conserve précieusement. Même si elle n'a jamais eu l'occasion de s'en servir, elle l'emporte toujours lors de l'estive. Sinon, il reste posé debout contre le buffet. Chargé. On ne sait jamais, surtout quand on est une femme vivant seule dans une ferme isolée.

Après avoir traversé la petite cour et fait décamper d'un petit cri les deux brebis plantées au milieu de la bergerie, Marie pousse la partie du faux mur donnant accès à la cache. Si elle a posé le plateau sur le rebord en bois qui court le long du bâtiment, c'est avec le fusil bien calé dans sa main droite qu'elle actionne le mécanisme d'ouverture.

— Marie, bouge ! C'est toi qui recules, maintenant.

— Mais t'as trouvé ça où ?

Stupéfaite, elle ne trouve rien d'autre à formuler que cette question qui ne demande en fait aucune réponse. Le fait est là : Albert est en train de la menacer avec un véritable revolver, aussi massif qu'effrayant.

— Tu veux savoir ? Dans un tiroir de la pièce de séjour du gardien du château, à Bidart. Un Smith & Wesson, pas un truc pour rigoler. Je l'avais glissé dans mon sac à dos. Alors comme ça, tu enfermes quelqu'un et tu ne penses pas à le fouiller ? Pas très pro, tout ça. Maintenant, tu poses ta pétoire et on sort de là. Je n'ai pas l'intention de te blesser, mais évite de jouer à la pasionaria. Je n'ai plus rien à perdre.

Quelques minutes plus tard, assis à la table du salon, tenant toujours Marie en joue de la main gauche, Albert mange son fromage et du pain.

— Bien, Marie. On ne va pas tergiverser, repartir dans des explications. Voilà ce qu'on va faire. Ta voiture est toujours garée à l'arrière vers le labo ? Je vais m'allonger derrière, toi au volant, et on se tire d'ici. Tu te doutes bien que le canon de mon flingue ne va pas quitter ta tête si bien faite.

— On va où ?

— Tu verras bien.

Tenant Marie en joue, Lezcano la pousse jusqu'à la voiture garée derrière le labo puis se glisse sur le plancher du petit fourgon tôlé. Toujours cette odeur de lait caillé qui prend à la gorge. Où vont-ils ? Il n'en a aucune idée. De toute façon, il ne peut pas rester dans la maison à pointer son flingue sur Marie. Il verra si une occasion de sortir de ce merdier se présente, sinon elle va devoir rouler longtemps. Très longtemps.

Au volant, Marie recule pour rejoindre la route principale. Jetant un coup d'œil par la vitre arrière, Albert aperçoit une voiture de gendarmerie qui les suit à distance.

— Putain ! Les flics ! Ils sortent d'où ?

— Ils sont garés en permanence au bout de l'allée depuis hier. Ils ont récupéré le téléphone du type que tu as tué et ils ont vu que tu m'avais appelée.

— Je ne l'ai pas tué. Il est tombé !

— En tout cas, ils y ont trouvé mon numéro et, depuis, ils me surveillent.

— Accélère ! On va les semer !

— Avec mon C15 ? Tu plaisantes !
— Prends la direction du bourg !

Quelques minutes plus tard, l'utilitaire s'engage dans le village.

— Roule dans les rues, comme si tu cherchais quelque chose. Il faut que je trouve une solution. J'ai besoin de temps. Putain…

Marie s'exécute, suivie plutôt mollement par la voiture des gendarmes. Pile d'un coup : l'étroite rue du fronton est bloquée par une grosse berline noire, une Audi, coffre ouvert et moteur tournant, arrêtée devant l'entrée de l'hôtel de la Poste. L'occasion parfaite, le coup de chance qui ne survient que pour les types bien. Comme lui.

— *Adio*, Marie.

D'un coup de pied, Txiki ouvre le hayon arrière de la Citroën, saute au volant de l'Audi et disparaît dans la rue à droite.

Marie est tellement sidérée par ce qui vient de se passer qu'elle entend à peine les hurlements des gendarmes, dont le véhicule est bloqué par le sien. Txiki vient de voler une voiture, là, devant elle, devant les gendarmes ! Tremblante, elle enclenche la première, avance et rabat le C15 sur le côté du mieux qu'elle peut. La voiture de police fonce à la poursuite d'Albert, qui a déjà pris de l'avance, tournant sur le pont au-dessus du Saison et empruntant pied au plancher la départementale filant vers l'ouest.

28

L'heure est au débrief dans les locaux de la gendarmerie. Pour Laurence, la petite fermière brune cache effectivement quelque chose. Pourtant, quand leurs regards se sont croisés, ce matin sur le marché, elle n'y a vu aucune frayeur, ni inquiétude, ni culpabilité. Faut-il la croire sur parole lorsqu'elle affirme avoir refusé d'aider Lezcano ? Et si ce n'est pas le cas, où a-t-elle pu l'emmener ? Un appel radio déchire la relative quiétude de la pièce :

— Suspect en fuite ! Roule à bord d'une Audi noire sur la D247, direction sud-ouest !

D'un bond, Laurence rejoint la petite pièce des émissions radio et s'empare du micro :

— Je demande plus d'informations !

— Le suspect vient de voler une voiture. Plaques blanches, certainement allemandes. Il était dissimulé à l'arrière de l'utilitaire de Mme Espilondo. Il semblerait qu'il s'agisse de la personne recherchée sous le nom d'Albert Lezcano…

— Bien reçu. Essayez de le rattraper. Et tenez-nous informés !

À la hauteur d'Alos-Sibas-Abense et de la première courbe, Albert possède déjà plus d'un kilomètre d'avance sur ses poursuivants. Txiki sait que ces petites routes de semi-montagne peuvent être facilement barrées. Seulement, la prochaine gendarmerie se trouve à Saint-Jean-Pied-de-Port, non loin de sa destination. Il a donc deux bonnes heures de route devant lui, avant d'atteindre Garazi, pour imaginer l'itinéraire idéal sans flics pour le bloquer. Il fonce, pied au plancher. Dans peu de temps, il rejoindra les cols d'Ibarburia et d'Inharpu. Ce n'est pas parce qu'il s'est exilé pendant trente ans qu'il a perdu ses repères. Cette route, il la connaît bien pour l'avoir si souvent sillonnée avec son père pour des week-ends *roots* dans les palombières d'amis de la famille. Lui n'avait jamais été emballé par cette activité où l'on patientait des journées entières niché dans une cabane dans les arbres, sans aucun confort, afin de tirer sur des petits oiseaux n'ayant rien demandé et qu'il fallait en plus ramasser, tout sanguinolents. Ça lui coupait toujours l'appétit : impossible ensuite de les manger, pas plus rôtis qu'en salmis. Mais il s'agissait des rares moments qu'il pouvait passer avec son père, même s'il détestait tirer au fusil. Cela n'avait pas changé. Vrai qu'il avait tué deux hommes, mais sans avoir utilisé d'arme à feu. Piètre consolation, mais on a sa fierté. Tout en enchaînant les virages, il ne peut s'empêcher de jeter un coup d'œil sur les contreforts de la chaîne des Pyrénées, ses lumières pastel, ses contrastes saisissants. Pourquoi s'en est-il privé durant tant d'années ? Profite, Albert : c'est certainement la dernière fois que tu peux contempler les paysages de cette Soule qui t'a vu naître : la plus reculée et la plus sauvage des provinces basques, avec ses collines et montagnes séparées par de fines vallées escarpées et de sombres forêts… Quelle beauté !

Comment lui, ex-sportif de haut niveau, vivant une existence somme toute pas trop désagréable sous le soleil de Miami, avait-il pu se changer en assassin et désormais fugitif, avec dans le dos, un écriteau *Pays basque most wanted* ? Était-il plus téméraire qu'il ne le pensait, pour avoir osé commettre un tel crime ? Ou simplement plus con, pour l'avoir si mal organisé au point de se faire prendre ? À cause d'une bagnole mal garée. Quant à Marie, son amour, son amitié et sa loyauté, il pouvait faire une croix dessus. Il faut dire qu'il lui en a fait baver. Pourvu qu'elle ne morfle pas trop. Aider un assassin, ça doit coûter cher. Et lui ? A-t-il mérité ce qui lui arrive ? Peut-être. Devrait-il se rendre ? Au point où il en est, il ira jusqu'au bout. Jamais il ne se retrouvera enfermé dans l'antique prison de Bayonne, celle qui mérite tellement son surnom de « Villa Chagrin », avant de terminer son existence dans une centrale de l'est ou du nord de la France.

Le GPS de la voiture lui confirme l'itinéraire à suivre. Bien qu'il le connaisse de mémoire, mieux vaut vérifier. Bifurquer plein sud et prendre la route des cols juste avant Mendive, puis continuer vers l'ouest. Longer la frontière avec Hegoalde, repiquer au nord et là : surprise ! Voie libre ou barrée ? Avec encore un peu de chance, ils l'attendront de l'autre côté, sur la route principale donnant sur Saint-Jean-le-Vieux. Car c'est évident et imparable : ils vont l'attendre. Mais peuvent-ils imaginer qu'Albert emprunte, comme il vient de le faire, ce chemin si long et si tortueux via Arnéguy ? Prie, Albert, prie ! Après Arnéguy, tu prends à gauche. Allez, Txiki, crois en ta bonne étoile. C'est comme si tu y étais !

29

— Tu n'as pas l'air surpris de me voir…

— Je t'attendais. Baisse cette arme, c'est ridicule. Allez, entre.

Hervé Lecuona précède son ex-partenaire à l'intérieur de la maison. Manifestement épuisé, Txiki Lezcano se laisse tomber dans le canapé.

— Hervé, j'ai pas mal de choses à te raconter…

— Pas la peine. Ton amie m'a téléphoné avant d'aller se livrer à la gendarmerie. Marie, celle que tu nous as toujours cachée. Elle se doutait que tu viendrais chercher de l'aide chez moi ou chez Pierrot à Bidarray, parce qu'à part nous… Ou alors peut-être voulait-elle seulement s'épancher ? En tout cas, elle a vu juste et deviné qu'il y avait une chance sur deux pour que tu frappes à ma porte ce soir.

— Elle t'a également dit qu'elle m'avait enfermé dans une planque sordide ?

— Et elle le regrette. Mais elle était furieuse et je pense que tu peux la comprendre.

— Tu lui as dit, pour le pacte ?

— Bien sûr que non ! Personne n'a jamais été au courant, à part ceux qui étaient présents ce soir-là, et tu connais leurs noms. Un de moins maintenant puisque tu as eu la subtile idée de supprimer Mattin, qui était en plus, et tu le sais si bien, un de mes meilleurs amis. Aucun de nous n'a jamais parlé, sinon nous ne serions pas là à discuter tous les deux et je ne me sentirais pas obligé de t'aider. Que veux-tu faire ? Ou que puis-je faire pour toi ?

— Il faut que tu me caches, le temps de trouver un moyen de passer en Hegoalde et que les frères Goikoetxea me récupèrent. Avec leur réseau, ils sauront bien où me planquer avant de m'exfiltrer…

— Mais alors pourquoi, quand tu étais à Tardets, tu n'as pas pris directement la route de l'Espagne ?

— Trop sinueuse, trop étroite, trop lente… trop risquée.

— Txiki, tu es vraiment certain que les frangins Goikoetxea vont te sortir de là ? Rien ne te lie à eux. Tu planes complètement.

— Tu sais quoi, Hervé ? À Miami, au Jaï Alaï, il n'y avait qu'eux pour tenter de me comprendre, de me soutenir quand ça allait mal. C'est peut-être bizarre, mais durant cette longue période je les ai plus vus et fréquentés que toi et les autres, mes supposés frères d'Iparralde, mes alter ego du fronton de Bidart, mes compagnons de sport-étude. Je les retrouvais certains soirs, on échangeait en basque, ça me faisait du bien ! Alors je vais tenter ma chance avec eux, car il semble que ce soit la seule solution que j'aie. Je ne pense pas être déjà dans les fichiers d'Interpol. Aide-moi à rejoindre Hegoalde, et comme ça on sera quittes. Tu n'entendras plus parler de moi. C'est dans ton intérêt, Hervé, car outre le pacte les flics ne sont pas débiles : ils ne vont pas tarder à débarquer.

— Ils ne peuvent pas venir te chercher ici, les frangins ?

— Je ne leur ai pas encore parlé. Tu les connais : un peu secrets, les Goikoetxea. Je n'ai même pas leur téléphone, juste leur adresse. J'ai comme dans l'idée que rouler en France, avec un type qui a toutes les polices au cul, ne va pas vraiment leur plaire. Il faut que je me débrouille pour passer de l'autre côté tout seul. Enfin, avec toi.

— Tu tombes mal, là, vraiment mal. Txiki, demain matin, j'ai quarante personnes qui déboulent pour les vendanges. Je débute le briefing général à sept heures du mat', alors tu comprends… Ce que je peux faire pour l'instant, c'est te conduire jusqu'à mon cayolar, un peu plus haut dans la montagne, sous les crêts d'Iparla, au-dessus de Baigorri. Je l'ai un peu aménagé, même si ça reste une cabane de berger. En même temps, être enfermé dans des cagibis semble être ton quotidien depuis quelques jours, n'est-ce pas ? C'est tout près de la frontière, mais ne tente rien de fou : ce ne sont que des passages escarpés, des sentiers à flanc de précipice : tu te tuerais. Déjà, commençons par planquer ta bagnole derrière la maison : je la virerai de là cette nuit, après t'avoir emmené au cayolar. Mais dans quel merdier tu t'es mis ! Et me mets aussi !

30

Laurence, Jules et Camille ont attendu, à la gendarmerie de Saint-Jean-Pied-de-Port, que rentre l'équipe des gendarmes. Elle n'a pas rattrapé Lezcano malgré ses recherches le long des routes et chemins des alentours. Se serait-il arrêté pour se réfugier dans une grange ou au cœur de la forêt ? Et si, tout simplement, il était passé par la route des cols et avait ainsi contourné le piège ?

Cette hypothèse, que Laurence vient d'entendre énoncée par un gradé, semble faire l'unanimité autour d'elle. N'aurait-il pas alors été possible d'anticiper et de poster un autre point de contrôle sur cette fameuse route ? À voir l'air navré des hommes réunis autour d'elle, elle comprend que cette option n'a pas été retenue. Faute de moyens ? Elle ne poussera pas plus loin ses investigations. De toute façon, il est trop tard : Lezcano est plus que jamais dans la nature. Ou au chaud, chez quelqu'un.

— Dites-moi, brigadier-chef, je ne connais pas encore bien le coin, mais Irouléguy et Bidarray sont dans le secteur, non ? lance Laurence.

— Tout à fait. Irouléguy est à dix minutes d'ici, cinq de plus pour Bidarray.

Le brigadier n'ose pas lui demander quelles sont ses intentions et, de toute façon, il sait qu'elle ne les lui livrerait pas. Un second barrage à l'autre entrée de la cité aurait été possible, mais, tellement persuadé que le suspect prendrait la route directe, il avait décidé d'y concentrer ses hommes. Mauvais calcul. Pas commode, madame la flic de la ville. Comme d'habitude, quand ceux-ci déboulent à la campagne, tout doit leur être servi sur un plateau.

Jules et Camille collés à ses pas, Laurence rejoint sa voiture. Franchissant le portail, elle leur demande, comme une formalité :

— J'imagine que vous savez où l'on va ?

Camille répond, presque du tac au tac :

— Chez Lecuona, puis chez Xabi Fagalde. Pensez-vous vraiment qu'il se soit planqué chez l'un des deux ? Après avoir tué Gozategui, leur ami proche ?

— Je n'ai aucune certitude. Mais vous avez vu comme moi la carte d'état-major des gendarmes quand nous étions dans leur local. Il aurait pu partir vers le nord et rejoindre Bayonne, la Côte, les Landes, voire Bordeaux. S'il a pris sans hésiter vers Saint-Jean-Pied-de-Port, c'est qu'il savait parfaitement ce qu'il faisait. On commence par Irouléguy, chez Lecuona. On observe. Si l'on s'aperçoit que quelque chose cloche, on appelle des renforts.

Pas âme qui vive. La grande maison du viticulteur ainsi que les remises l'entourant sont plongées dans le silence. Les employés du chai ont dû quitter les bâtiments plus tôt et la petite boutique de vente est fermée. Le gros 4 × 4 du maître des lieux n'est pas garé sous l'auvent comme la dernière fois et personne ne répond au tintement du carillon de l'entrée. Laurence et Jules sonnent à nouveau tandis que Camille contourne la bâtisse.

— Venez voir !

Garée dans un hangar, juste derrière des machines agricoles, l'Audi noire avec plaques d'immatriculation allemandes volée à Tardets… Il était là ! Laurence est soudain galvanisée :

— Jules, tu appelles des renforts pour ici et tu demandes qu'on envoie des patrouilles sur les routes avoisinantes. Recherche d'un véhicule 4 × 4 Mercedes-Benz de couleur vert sombre et de son conducteur : Lecuona Hervé. Camille, viens avec moi. On continue à faire le tour des installations…

31

Hervé Lecuona n'en peut plus. Txiki n'a pas cessé de geindre depuis qu'ils sont partis. Voilà que maintenant il regrettait d'avoir ôté la vie de Mattin… ! « Notre ami, mon ami Mattin ! » Lecuona a failli à plusieurs reprises s'arrêter pour lui dire de sortir de sa voiture, de dégager, loin. Ce fut encore pire quand ils atteignirent le petit chemin de terre battue qui se tordait tel un ver de terre coupé en deux. « Quand je pense à ce type, là, ce gardien, qui a perdu l'équilibre dans le grand escalier du château d'Ilbarritz… Je n'y suis pour rien, Hervé, rien du tout ! » Bien qu'Hervé Lecuona ait pris l'habitude de parcourir ce chemin de montagne lorsqu'il allait se réfugier au calme dans sa cabane de pierres perdue là-haut dans les alpages, il se méfie tout de même des courbes en épingle, souvent trop serrées pour le rayon de braquage de son Mercedes classe G. Il doit demeurer concentré pour effectuer des marches arrière au bord de l'à-pic, éviter que les gros pneus dérapent sur les cailloux. Mais comment se concentrer sur sa conduite avec un passager qui ne cesse de parler ? En même temps que les deux traces de pneus du gros 4 × 4 s'effacent de l'herbe rase du pacage, le dernier rayon de soleil vient se perdre sur la ligne de crête, juste derrière le refuge en pierres qui apparaît maintenant devant eux.

Sitôt les quelques provisions débarquées, ainsi qu'un sac de couchage et un jerrycan de pétrole pour la lampe, Hervé Lecuona dit à Albert :

— Tu peux aller puiser l'eau du ruisseau, elle est très bonne : sers-toi des *xahakoas** accrochés là.

Puis il regagne sa voiture dans la lumière diffuse d'un croissant de lune.

Arrivé au cœur du bourg de Saint-Étienne-de-Baïgorry (Baigorri), il rejoint la route principale qui mène à Bayonne. Mais, au lieu de bifurquer vers le village pour rentrer chez lui, il continue sur la départementale. Il a un autre rendez-vous.

32

Xabi Fagalde ne comprend pas ce qu'Hervé Lecuona fait sur le seuil de sa porte. La nuit est tombée depuis plus d'une heure et le Pays basque a sombré dans sa léthargie diurne qui se propage dès le départ des derniers estivants. Pas vraiment l'heure pour une visite inopinée.

— *Ongi etorri,* Hervé. Que puis-je faire pour toi ?

Lecuona ne prend pas le temps de lui répondre et pousse Fagalde à l'intérieur. Ce qu'il a à lui raconter ne pouvait pas attendre. À l'intérieur de la maison, il débite d'une traite tous les événements qui se sont déroulés en quelques heures. Fagalde s'est laissé tomber dans un vieux fauteuil en cuir.

— Quand l'inspectrice nous a expliqué sa théorie après l'enterrement de Mattin, je n'y ai pas vraiment cru… Et dire que c'est moi qui l'ai mise sur la piste de l'amie de Txiki, cette Marie… Merci de t'être déplacé pour me tenir au courant. Et maintenant, il se planque dans ton cayolar. C'est dingue…

Fagalde se lève en soufflant, puis se dirige vers la porte comme pour raccompagner son ami vers la sortie.

Embarrassé, le viticulteur relance la conversation :

— En fait, je suis venu pour te demander quelque chose…

Fagalde se raidit, conscient que la demande va certainement, sinon l'irriter, au moins le contrarier.

— Xabi, à partir de demain matin, je serai totalement bloqué, avec quarante personnes à plein temps, dont plus de la moitié qui vont dormir dans les dépendances. Je ne pourrai plus m'occuper de… *lui.*

— Et donc…

— Eh bien, je me disais que tu pourrais aller le chercher et l'aider à se rendre de l'autre côté… Par ici, c'est beaucoup plus simple. Tu peux passer avec ta Jeep par le col de Méhatché ou celui d'Artzatey. Ensuite, tu le déposes à Urdax, et tout sera terminé…

Fagalde, les joues écarlates, baragouine quelques mots incompréhensibles avant d'exploser :

— Aider un assassin ! Le meurtrier de Mattin ! Comment oses-tu me demander ça ?

— Tu le sais bien. Le pacte. Tu connais les probables conséquences…

— Mais je m'en fous, du pacte ! Il n'a qu'à nous dénoncer si ça lui fait plaisir ! C'était il y a longtemps. Jamais je ne l'aiderai.

— Si tout ressort, tu vas tout perdre, y compris ta respectabilité…

— Je m'en contrefous ! Albert sait que tu es venu me voir ce soir ?

— Pas du tout. J'y ai pensé en descendant du cayolar.

— Eh bien, je vais respecter le pacte à ma façon… en ne vous dénonçant pas, Txiki et toi. Allez, fous le camp maintenant !

Lecuona reprend la route en sens inverse, toute son attention focalisée sur la situation dans laquelle il s'est fourré.

Les gendarmes l'interceptent à l'embranchement vers le village, devant le camping Narbaitz.

33

Il commença à redescendre bien avant l'aube, quand la faune et la flore sortaient à peine de leur sommeil. Pas question de demeurer dans ce refuge froid, sombre et bas de plafond, au bout d'un cul-de-sac en pleine montagne. Il suffisait que quelque chose foire dans le plan de Lecuona pour qu'il se fasse cueillir et termine sa vie en taule. Après deux heures de marche en bordure du chemin forestier, il discerna les premiers phares de voitures trouant l'obscurité. Il eut le temps de quitter le chemin principal pour se cacher derrière deux gros cromlechs. Trois véhicules tout-terrain de la gendarmerie filaient vers le sommet. Aucun doute sur leur destination. Il attendit de voir si aucun autre convoi ne suivait le premier, avant de reprendre sa route. Au loin, il aperçut les lumières de Saint-Étienne-de-Baïgorry. Il avait presque atteint la vallée. Il continua sa descente, guettant le moindre bruit de moteur, de présence humaine, jusqu'au ravin d'Ispeguy. Arrivé au petit pont de Michelene, il entendit le village se réveiller doucement. Il dut se dissimuler deux fois dans le fossé, au passage des rares voitures descendant des hauteurs. On n'était pas vraiment au bord du périphérique parisien ! À l'abri d'un petit mur de pierres, il remarqua une famille qui quittait sa jolie villa de plain-pied entourée d'un bouquet de hêtres. Il vit le père monter dans sa Peugeot 3008 et démarrer, suivi quelques minutes plus tard par une Dacia Duster avec à bord la mère, accompagnée d'un petit garçon. Sitôt la seconde auto disparue au bout de la route, il s'engagea dans l'allée et sonna à la lourde porte en bois clair. Pas de réponse. Albert contourna la maison et trouva une autre porte, bien plus frêle. Il n'eut même pas à la forcer, les habitants ayant laissé la fenêtre de la cuisine entrouverte. L'avantage de ce temps si doux et clément. À moins d'un événement tout à fait imprévu, la villa était à lui pour plusieurs heures.

Il en fit le tour, visita les diverses pièces avant de se poser dans le salon. Il remarqua aussitôt sur la grande table, entouré de quelques copies doubles, un livre scolaire en basque. Ainsi donc le gamin fréquentait une *ikastola.* Un acte ordinaire aujourd'hui, mais le fruit d'une longue lutte, débutée en 1969. À l'époque, créer une école en basque relevait de l'utopie… Lui-même fut l'un des pionniers, ses parents ayant insisté pour qu'il soit inscrit dans l'une des toutes premières maternelles, celle de Mauléon-Licharre. Quatorze kilomètres tous les matins dans la 4L familiale ou dans l'Ami 6 break des Etchandy, qui y avaient également inscrit leur fils Peio. Désormais, il y avait en Iparralde près de quarante écoles en basque, dont une primaire à la sortie de Tardets. Et lui, que lui restait-il de sa langue maternelle ? S'il n'avait rien perdu du vocabulaire, il l'avait bien peu utilisée durant sa vie d'adulte, lui et ses partenaires de cesta punta préférant parler en français. Heureusement, les joueurs originaires d'Hegoalde le pratiquaient et il lui arrivait de les interpeller en euskara.

Assis sur une des chaises disposées autour de la vaste table en bois, Albert se sent prêt à lâcher prise. Une fois de plus, comment en est-il arrivé là ? Pénétrer dans une maison inconnue, actionner la machine à café (il en rêvait depuis tellement longtemps, de cet expresso !), investir la salle de bains pour une toilette complète et maintenant dérober quelques vêtements masculins propres dans le placard de la chambre à coucher… Il n'est qu'un vulgaire petit malfrat violant l'intimité d'une famille pour quelques instants de tranquillité, pour un paquet de brioches industrielles trouvé sur le plan de travail de la cuisine et des fringues trop grandes pour lui. Ce jeu désolant est-il à sa hauteur ? Sa liberté vaut-elle la peine d'être défendue ? Et comment ! Il demeure à jamais Albert Lezcano, remarquable joueur de cesta punta, acclamé durant près de deux décennies au Jaï Alaï de Miami, USA. Rien que pour cela, pour ne pas se renier et conserver son estime de soi, il lui faut aller de l'avant.

En rasant sa barbe de quatre jours, il découvre un visage quelconque, fatigué et vieilli. Marie… Dans quelle situation se trouve-t-elle en ce moment ? Par sa faute… Si elle lui avait fait confiance, si elle ne l'avait pas enfermé comme un vulgaire animal, ils auraient peut-être pu recommencer quelque chose ailleurs. Comme dans les films où les héros, après avoir commis vols, meurtres et autres méfaits, redémarrent une nouvelle vie aux Philippines ou en Indonésie. Dans les films, oui ! Qui désormais peut lui apporter l'aide matérielle dont il a tellement besoin ? Qui seront les prochains complices forcés de sa fuite, ceux qui lui tendront la main, non par amitié mais bien, comme Hervé, par peur du scandale ? Combien étaient-ils, le soir du drame ? Il connaît la réponse par cœur : les Quatre Fantastiques, en partance pour Miami, et cinq autres copains… Neuf pelotaris de talent, bien que seuls les quatre premiers aient voulu suivre la voie professionnelle. Ils étaient tous là ce soir-là, sept complices, sept coupables. Il décroche le téléphone fixe de la maison avec, en main, un bout de papier sur lequel Lecuona lui a noté trois numéros. Il tente le premier. Deux sonneries…

— Allô ?

— *Kizkur** ? C'est Txiki Lezcano.

Un court silence au bout du fil.

— Albert ! Ça alors ! Qu'est-ce que tu veux ?

— Avec toi au moins, c'est direct. Que tu m'aides.

À nouveau, silence. Puis :

— C'est-à-dire ?

— Que tu viennes me chercher maintenant à Baigorri et que tu m'emmènes à Fontarrabie. Tu en as pour une heure et demie grand max.

— Je ne peux pas partir comme ça de mon travail et d'ailleurs, je…

— Il est bientôt midi. Tu es à Bayonne, c'est ça ? Je t'attends vers douze heures quarante-cinq. Il y a un garage Peugeot sur la route de Banca. Je serai par là, je te ferai signe. Tu as quoi comme voiture ?

— Un break Volvo. Blanc.

— OK, à tout à l'heure.

Après avoir rangé les quelques objets déplacés, lavé sa tasse (chacun met sa fierté où il peut…), puis refermé la fenêtre, Albert sort par la porte arrière, dont il prend soin d'actionner le loquet de l'intérieur. Qui sait si la famille ne rentrera pas déjeuner chez elle ? Il marche quelques dizaines de mètres puis saute par-dessus un vieux mur de soutènement, pénètre dans la petite forêt située juste en face. Quarante minutes plus tard, une Volvo apparaît, roulant au ralenti. Txiki sort de sa cachette et monte dans le véhicule.

— *Egun on, Txiki.* Qu'est-ce que tu me veux ?

— Je te l'ai déjà dit. Que tu m'aides. Je suis recherché et je suis bloqué ici.

— Recherché ? Mais par qui ?

— Les flics, les gendarmes. Tout le monde. Fais demi-tour et tu prendras à gauche après l'église. On repart par où tu es arrivé. Je t'ai dit que je voulais aller en Espagne, mais pas par les petites routes de montagne. C'est le meilleur moyen de se faire choper. On va prendre par le chemin le plus simple : la Côte et Hendaye. Allez ! Accélère un peu.

Direction Bayonne, via Ossès, Bidarray, Louhossoa et Itxassou. Lezcano croit entrevoir la fin de son calvaire.

Détendu, confortablement installé, il entame ce qu'il aimerait être une discussion entre vieux copains :

— Trente ans… ou plutôt trente-cinq. Qu'est-ce que tu deviens, Kizkur ?

— Il n'y a vraiment plus que toi qui m'appelles comme ça…

Lezcano le sent nerveux et lui donne une légère tape sur la tête.

— En même temps, tu es toujours frisé et ce surnom te va encore bien.

— Je suis fonctionnaire.

— Fonctionnaire ? Je ne te vois pas du tout derrière un petit bureau avec un petit salaire et obéissant à un petit chef.

— Haut fonctionnaire. Administrateur des finances publiques.

— Ah oui, quand même. Grand bureau et gros salaire alors ! Ça va, le pognon doit rentrer. Une femme, des enfants ?

— Pas d'enfants. Une femme.

— Ah oui ? Et elle fait quoi ?

— Fonctionnaire.

— Elle aussi ? Et dans les finances publiques, comme toi ?

— L'administration.

Réponses brèves. Sourire forcé. Mains agrippées au volant. On est loin de la conversation amicale, des retrouvailles chaleureuses qu'Albert souhaitait.

— Bref, la vie est belle. Tant mieux pour toi. Donc, voilà ce qu'on va faire. Tu me déposes à Fontarrabie, et ensuite tu n'entendras plus jamais parler de moi. De toute façon, je ne te veux aucun mal. Il faut juste que tu me sortes de là. Avant toi, j'ai tenté de joindre Sébastien et Iban. Tu te souviens d'eux, hein ? Vous étiez tous les trois impliqués avec nous, les Quatre Fantastiques. Aucun des deux n'a répondu, toi oui et voilà… Avant, j'ai quand même tenté de voler une voiture, sur le parking d'un garage Peugeot, mais je ne sais absolument pas comment on fait démarrer une bagnole sans la clé. Pourtant, dans les films, ça semble tellement simple. Mon Kizkur, ce n'est pas ton jour de chance.

Nouvelle tape sur la tête.

— Et toi, Txiki ? Tu es rentré en France depuis longtemps ?

— Pas vraiment. En fait, je suis en transit… J'habite toujours à Miami. Je viens de faire une grosse, une très grosse connerie, et maintenant je tente de sauver ma peau… Putain, c'est quoi ce truc ? Prends par là, à gauche ! Vite !

La Volvo tourne aussitôt.

— Un barrage ! Je l'ai aperçu à temps. Je ne crois pas qu'eux nous aient vus. Bon, maintenant, c'est plié. On est obligés de continuer par là. Ça mène où, déjà ?

— Le centre d'Itxassou, puis Espelette, Saint-Pée-sur-Nivelle, Ascain, Saint-Jean-de-Luz…

— OK. Donc, on déboule finalement où je veux qu'on arrive. Après Saint-Jean-de-Luz, c'est l'Espagne direct.

34

Le survol de la zone en hélicoptère n'avait rien donné, pas plus que la grande battue allant de Saint-Étienne-de-Baïgorry jusqu'aux contreforts du col d'Ispeguy. Après l'interrogatoire de Lecuona, Laurence était pourtant quasi certaine de débusquer Lezcano dans le cayolar où il l'avait emmené plus tôt dans la soirée. Mais l'oiseau s'était envolé. Quant à la raison pour laquelle Lecuona roulait la veille au soir sur la grande départementale, il expliqua s'être rendu chez Xabi Fagalde à Bidarray pour une visite de courtoisie. Laurence n'en croyait pas un mot.

Ils débarquèrent chez Fagalde au moment où celui-ci partait pour sa promenade matinale. Oui, Lecuona était venu le voir et ils avaient parlé de tout et de rien, comme de vieux amis. Sinon, vous pensez bien qu'il aurait appelé la police ! Évidemment ! Lecuona conduit Lezcano dans un abri perdu en haut d'une montagne, puis cache la voiture que ce dernier a volée et, plutôt que de rentrer chez lui préparer le début des vendanges prévu le lendemain matin, il préfère se rendre chez Fagalde, à vingt minutes de là, pour discuter de l'air du temps. Laurence se rend bien compte de leur duplicité, mais pourquoi aider l'assassin de leur meilleur ami ? De toute façon, elle n'avait rien contre Fagalde et le laissa partir se promener. Quant à Lecuona, sous régime de garde à vue à la gendarmerie de Saint-Jean-Pied-de-Port, il refusait d'en dire plus, justifiant son acte derrière le principe d'aide que tout Basque doit à un ami.

« Même quand celui-ci est un criminel ?

— Oui. »

Elle tenta de le faire plier en lui rappelant une affaire dont elle avait eu vent : celle de Peio Serbielle, un auteur et chanteur basque qui, pour avoir participé en 2004 à l'hébergement de membres de l'ETA, avait passé seize mois en détention pour terrorisme, dans les pires centrales de l'Hexagone. « Comme vous, Serbielle avait utilisé cet argument de la solidarité entre Basques. Vous vous rendez compte de ce qui peut vous arriver ? » Sachant pertinemment que l'époque n'était plus la même, Lecuona ne lâcha pas d'autre information. En même temps, que pouvait-il lui annoncer de plus que ce qu'elle savait déjà ? Lui-même avait semblé stupéfait en apprenant que Lezcano avait quitté sa cachette.

L'hélicoptère étant reparti pour une mission d'urgence le long des plages d'Anglet, il ne restait plus pour coincer Lezcano que les bonnes vieilles méthodes. Des barrages furent érigés sur la D918, la grande départementale irriguant tout le Pays basque intérieur depuis Bayonne et sur les petites routes grimpant vers les montagnes.

La fin de matinée est calme, trop calme, au QG de Saint-Jean-Pied-de-Port, jusqu'à ce que le téléphone résonne enfin :

— Ici l'adjudant Rolland, en poste sur la 918, à l'entrée d'Itxassou. Nous avons aperçu un véhicule qui a tourné de façon très rapide à moins de cent mètres de notre barrage, direction sud-ouest. Il s'agit d'une voiture blanche genre break, possibilité d'une Volvo ou modèle similaire. Nous lançons un véhicule à sa poursuite.

— Bien reçu.

Laurence doute de la probabilité que Lezcano soit dans cette voiture. Où l'aurait-il trouvée ? Aucun vol de véhicule n'a été signalé aux alentours. Sans doute un bon père de famille pressé de rentrer chez lui, empruntant habituellement cette route et qui n'a même pas vu les gendarmes ? Ou un petit dealer de shit de la région qui a eu peur de se faire pincer ?

En attendant de savoir ce que donnera la poursuite de la voiture blanche, Laurence décide de téléphoner à son mari pour s'excuser de ne pas l'avoir prévenu la veille qu'elle ne rentrerait pas et dormirait dans un hôtel tristounet à souhait. François lui a bien manqué. Qu'avait-il pu préparer pour le dîner ? Peut-être du jambon de Bayonne et des *piquillos** à la morue qu'elle a appris à apprécier ? Elle envie Jules et Camille qui, eux, sont rentrés à Bayonne : elle vient de les libérer après une longue nuit. Drôle d'enquête, où il lui a fallu suivre sans cesse des bagnoles en fuite. D'un autre côté, comment Lezcano pourrait-il se déplacer ? Dans un Hegobus, avec arrêt obligatoire à Cambo-les-Bains pour un bain de pieds ? Parler à François lui permettrait d'évacuer de ses pensées, ne serait-ce que pour quelques minutes, cette traque qui la dévore.

Laurence attrape son téléphone portable personnel et se met à l'écart du brouhaha ambiant. Elle appelle le numéro de François. Messagerie. Elle appelle la ligne fixe : François aime déjeuner chez eux, au calme, pendant sa pause. Aucune réponse. Pas grave : elle aura tout le temps ce soir pour lui raconter ce qui est racontable et se faire câliner. En espérant que cette foutue course-poursuite sera alors bel et bien terminée. Un nouvel appel radio retentit dans la pièce :

— Adjudant Rolland, à Itxassou. Un de nos hommes a pu noter le numéro d'immatriculation du véhicule en fuite. Les lettres BQ, les chiffres 830 et les lettres MM, ou NN, une Volvo break de type 850. Je répète : BQ-830-MM ou NN.

Le lieutenant-colonel en charge du poste ordonne aussitôt une recherche d'identification du propriétaire du véhicule, Laurence l'interrompt d'une voix blanche :

— Ce n'est pas la peine. C'est la voiture de mon mari.

35

— Passe-moi ton téléphone.

François Etcheverry s'exécute. Tandis qu'il conduit la Volvo sur la petite route sinueuse et encaissée reliant Itxassou à Espelette, Albert se connecte à une application routière afin de visualiser leur parcours et de localiser les gendarmeries. À l'entrée d'Espelette ils passent tout près des dizaines de boutiques à la gloire du piment local, du jambon de Bayonne, du gâteau basque, du fromage de brebis, de la confiture de cerises d'Itxassou et autres célèbres produits régionaux.

— Quelle connerie, tous ces attrape-touristes ! Bordel ! Il y a des ronds-points partout maintenant ! C'est une maladie ! Continue tout droit. Il n'y a pas d'autre possibilité ?

— Dans moins d'un kilomètre. On peut descendre sur Dantxaria. Mais c'est devenu un gros centre commercial et la route est toujours encombrée de locaux et de touristes venus acheter de l'alcool et des clopes. En plus, la police a installé une tente en bas, à l'endroit de l'ancien poste-frontière, et elle vérifie les voitures…

— OK, on oublie. Direction Saint-Pée-sur-Nivelle. Mais je pense que ça va coincer. Il y a une gendarmerie et, à tous les coups, un de ces foutus barrages. Je vois sur l'appli qu'il y a trois ronds-points à la suite. Les flics vont avoir l'embarras du choix pour nous bloquer.

— Pour *te* bloquer.

— Je suis désolé, Kizkur, mais maintenant tu fais partie du problème.

Le silence retomba dans l'habitacle. Le téléphone de François sonna. Lezcano jeta un rapide coup d'œil à l'écran.

— C'est ta femme. Du moins j'imagine, vu qu'il y a marqué « chérie ».

— Ne décroche pas !

Lezcano est décontenancé par ce cri du cœur.

— Pourquoi ? Allez, trois mots : tu vas bien, tu l'embrasses, à ce soir, et voilà…

Il décroche.

— Ce n'est pas François. Je vous passe votre mari…

— Lezcano, c'est à vous que je veux parler. Capitaine Etcheverry. Police nationale. Vous ne pourrez pas aller plus loin. Je vous conseille de laisser descendre François de la voiture, puis vous vous dirigerez vers l'entrée de Saint-Pée-sur-Nivelle. Les services de gendarmerie vous attendront. Il ne vous sera fait aucun mal si vous coopérez.

Hébété, Lezcano raccroche sans avoir pu prononcer un mot.

— Ta femme est flic ! lâche-t-il enfin. Putain, ta femme est flic ! C'est un piège ! Tu savais… C'est elle qui t'a envoyé !

— Txiki, réfléchis un peu. Comment aurait-elle pu savoir que tu allais me contacter et me demander de venir te chercher, alors que moi-même je l'ignorais ? C'est n'importe quoi.

— Et tu vas me faire croire aussi que tu n'es pas au courant pour les deux meurtres…

— Quoi ? Les deux meurtres ? Mais qu'est-ce que tu as foutu, Txiki ? Tu as tué deux personnes ? Putain ! Dans quelle galère tu m'as embarqué ?

— Ta femme, qui me cherche, ne t'a rien dit ?

— Elle ne me parle pas de ses enquêtes. Tu as vraiment tué deux personnes ?… Tu veux dire… Mattin

Gozategui, ce n'est pas toi ? Dis-moi que ce n'est pas toi ?

— Si. C'est moi. Tu vois, tu es quand même au courant qu'il est mort.

— Évidemment ! La télé, la radio, les journaux, les gens, tout le monde en a parlé, dans le coin… Dès le début, elle pensait que c'était un meurtre et elle avait un suspect… C'est toi, Txiki. C'est pas possible ! C'est toi qui as tué Mattin…

— Et un gardien, un type que je ne connaissais pas. Je ne l'ai pas vraiment tué, c'était un accident.

— Écoute, Albert : je ne veux pas savoir. Tu verras ça avec la justice. Maintenant, il faut te rendre.

— Me rendre ? Pas question. Tu vas me conduire jusqu'à la frontière et après, ce ne sera plus ton problème.

Inconsciemment, François ralentit alors que la route est désormais bien plus large et plus rapide.

— Gare-toi là, sur l'arrêt de bus.

François obéit, Lezcano fait le tour de la voiture et sous la menace du Smith & Wesson l'oblige à prendre la place du passager avant de s'installer au volant.

— Il vaut mieux que ce soit moi qui conduise. Et toi, tu restes avec moi. Bien sagement.

— Donc je suis ton otage.

— Ne le prends pas comme ça…

— Et comment je dois le prendre ?

— On va dire que tu es ma caution pour que ça ne parte pas en eau de boudin. Je ne pense pas que ta femme va vouloir risquer la peau de son « chéri ». Elle s'appelle comment, au fait ?

— Laurence.

— C'est mignon… Ah ! Et cette bagnole, ce n'est pas une automatique ?

— Boîte manuelle.

— Ah oui : les caisses européennes ! Ça va me revenir.

Lezcano relance la voiture sur la voie express. L'entrée de Saint-Pée-sur-Nivelle n'est plus qu'à quelques encablures.

36

Même si elle roule à toute allure, gyrophare en marche, Laurence sait qu'elle a une heure de retard sur François et son redoutable passager. Quand elle arrivera sur place, tout sera joué, Lezcano menotté et François en sécurité. En tout cas, elle fait tout pour s'en convaincre.

Quand elle a entendu le gendarme énoncer les lettres et les chiffres de la plaque d'immatriculation de la Volvo, elle a vraiment senti son cœur s'arrêter. Comment son mari peut-il se retrouver mêlé à son enquête, au point de conduire dans sa propre voiture le meurtrier qu'elle traque depuis plusieurs jours ? L'heure des explications viendra bientôt. Pour le moment, son téléphone professionnel allumé, le *bluetooth* activé, elle est en relation directe avec la gendarmerie. Elle vient de tenter de rappeler François, personne n'a décroché. Lezcano a pris le contrôle total de la situation. Se rendra-t-il calmement ?

Elle ose espérer que oui. Aux dernières nouvelles, les gendarmes de Saint-Pée avaient décidé de constituer une sorte de nasse avec des barrières de sécurité pour piéger la voiture et l'arrêter. Soudain, son portable personnel retentit dans l'habitacle.

— Qu'est-ce que c'est que ce bordel ? Faites-moi virer ça tout de suite !

— Du calme, Lezcano. Expliquez-moi ça…

— Que je vous explique ? On est au premier rond-point à l'entrée de Saint-Pée et il y a des barrières qui bloquent l'entrée de toutes les routes transversales ! Et ce n'est plus Kizkur qui conduit, maintenant : c'est moi !

— Qui ça ?

— *Kizkur*, le Frisé. C'était le surnom de votre homme quand il était ado. Mais on s'en fout ! Trouvez une solution !

— Écoutez, Lezcano. Je ne suis pas sur place et je ne vois pas de quoi vous parlez.

Laurence réfléchit rapidement. Si les gendarmes ont décidé de ne pas serrer la Volvo à ce premier rond-point et de fermer les deux routes secondaires qu'il dessert, c'est qu'ils veulent qu'elle emprunte la route principale contournant le village. Certainement pour des raisons pratiques et pour faciliter l'interception, le blocage final devant se situer plus loin.

— Écoutez, Albert. Vous voyez bien que personne ne vous attendait sur ce rond-point avec des mitraillettes. Nous voulons tous que vous vous rendiez, calmement. Cela se passera où vous voulez. Vous m'appelez, je préviens les gendarmes et c'est terminé. D'accord ?

Lezcano a raccroché. Elle appelle aussitôt le centre de contrôle de la gendarmerie.

— Laurence Etcheverry. Dites-moi ce qui est prévu. Maintenant, vous savez que mon mari est dans cette voiture.

— Ne nous inquiétez pas. Nous avons dressé un barrage en forme de souricière au rond-point principal à la sortie du village, celui qui permet de rejoindre Saint-Jean-de-Luz d'un côté et Bayonne de l'autre. Le GIGN est là. Ils seront obligés de s'arrêter. Savez-vous qui conduit le véhicule ?

— Quels sont les risques d'incident ?

— Inspectrice, vous comprenez bien qu'il faut intercepter le suspect et le mettre hors d'état de nuire à nouveau. Les équipes sont en place. Ils devraient être en vue d'ici une minute. Nous allons faire le maximum pour que le dénommé Lezcano Albert se rende et que tout se passe au mieux…

Laurence balança son téléphone sur le siège passager.

Je t'en foutrais, des « au mieux » !

Comme si, maintenant, elle allait se mettre à croire les gendarmes…

37

Laurence se gare dans l'enceinte du centre de rééducation fonctionnelle des Embruns, à Bidart. Après deux jours de coma et plusieurs opérations, François, son beau brun aux cheveux bouclés et au nez busqué, commence sa rééducation dans cet établissement construit en bordure de plage.

Vu la vitesse à laquelle la Volvo a traversé le terre-plein central du rond-point, il a eu beaucoup de chance, contrairement à Lezcano. En voulant forcer le barrage, Txiki y a laissé la vie. Quelle ironie, de mourir en heurtant un chistera géant quand on a été un pelotari champion de cesta punta ! La monumentale sculpture en béton de onze mètres de long et de près de cinq de haut, posée au milieu du rond-point depuis une dizaine d'années, a quant à elle peu souffert. Ce qui n'est pas le cas de la pelote XXL, également en béton et glissée sous ce curieux monument censé rappeler que Saint-Pée-sur-Nivelle est l'un des berceaux de ce sport : elle a été pulvérisée par le break suédois.

Allongé sur son lit d'hôpital, les traits tirés, amaigri et les épaules affaissées, François ne lui a jamais paru aussi vulnérable.

— Bonjour, Kizkur. Parce que je peux t'appeler comme ça, maintenant. Tu vas comment aujourd'hui ?

— Bien mieux, merci. Devine qui vient de sortir de la chambre ? Max Sallaberry ! Je ne l'avais pas vu depuis plus de trente ans, du temps où il nous entraînait en haut sur le fronton. On a rigolé, on s'est remémoré le bon vieux temps, c'était sympa… On a préféré ne pas parler de l'affaire.

— Cela me semble judicieux. Allez, glisse-toi dans ton carrosse à roulettes, que je te pousse jusqu'à la terrasse. Tu as vu la météo ?

— J'ai juste aperçu le ciel bleu quand j'étais en rééducation à la piscine.

— Il fait un temps de rêve. Le fameux été indien dont tu m'as tant parlé. Allez ! Dehors !

Assis sur un banc face à l'océan, Laurence et François contemplent les surfeurs qui, juste devant eux, se jouent des vagues.

— Tu sais, je n'ai pas oublié. Hier, je t'ai promis qu'aujourd'hui je te donnerai quelques éclaircissements.

— Des éclaircissements ! J'ai raconté à ma hiérarchie que Lezcano t'avait pris en otage par hasard, parce que tu étais du côté de Saint-Étienne-de-Baïgorry pour visiter une salle à louer pour mon anniversaire. Je les connais : ils vont faire semblant d'y croire… Pourquoi tu as aidé Lezcano ?

— Tu sais maintenant que, dans ma jeunesse, j'ai joué à la cesta punta, et à un assez bon niveau. On était un bon groupe de copains : Mattin Gozategui, Xabi Fagalde, Hervé Lecuona et Albert Lezcano, les Quatre Fantastiques, et moi-même ainsi que quatre autres potes, Sébastien, Iban, Pilou et Sylvain. On s'entraînait tous ensemble, on était quasi inséparables. Et puis c'est arrivé…

— Qu'est-ce qui est arrivé ?

— Le pire. Un soir, tandis qu'on faisait la fête au Petit Bayonne, on a trop forcé Pilou et Sylvain, qui ne tenaient pas l'alcool, à boire. Trop. Un verre, et puis un autre… tu sais ce que c'est…

— Non, pas vraiment.

— Oui, excuse-moi. Et puis il a fallu rentrer. On était tous morts de rire car ils tenaient à peine debout. Sylvain est monté dans sa voiture et Pilou avec. Ils habitaient le même appart' durant le sport-étude. On rigolait tous de leur état, sauf Txiki Lezcano, qui a dit que c'était une folie de laisser Sylvain conduire. On ne l'a pas écouté et, pire, on leur a tendu une bouteille alors qu'ils étaient déjà prêts à démarrer… Ils sont partis et nous, on a continué à s'amuser, à picoler. Le lendemain matin, on a appris qu'ils avaient eu un accident et qu'ils étaient morts tous les deux sur le coup. On débutait tous nos vies d'adultes, Mattin et les trois autres allaient partir pour Miami. Leur rêve depuis qu'ils étaient gosses. On a scellé un pacte sur l'honneur, main droite levée, le vrai truc d'adolescents, en jurant qu'aucun de nous ne trahirait notre secret. Et puis le temps a passé… On a fait semblant d'oublier. Moi, j'ai tenté de gommer mes années de pelotari. Même à toi, j'en ai peu parlé. Et puis Txiki a ressurgi…

— Tu savais depuis le début qu'il était le meurtrier de Gozategui ?

— Pas du tout ! Je n'en avais aucune idée ! Tu ne m'as jamais dit qui était ton suspect, et de toute façon je pensais qu'il vivait toujours à Miami.

— Dis-moi la vérité. Tu n'es pas face à un flic mais à ta femme.

— Mais je te le jure, ma chérie ! Il m'a appelé sur mon portable et j'y suis allé. Je n'avais aucune idée de ce qui se passait mais je sentais bien qu'il y avait un gros souci et je n'avais pas du tout envie qu'il raconte à quiconque l'histoire du pacte. Pour moi, pour ma carrière, mais aussi pour la tienne.

Laurence laisse son regard se perdre sur l'océan, puis suivre le parcours d'un surfeur sur une vague.

— Et maintenant ? On fait quoi ?

— Comme tu veux, Laurence. Si tu penses qu'il faut divulguer ce qui s'est passé, je suis prêt. Je regrette tellement. J'y pense tous les jours, surtout à leurs parents, qui doivent encore souffrir, même après tout ce temps.

— Ça ne servirait à rien, sinon à enfoncer encore plus leurs familles dans la douleur et à ruiner ta réputation, celle de Xabi Fagalde et celle de Lecuona, qui est déjà bien atteinte. On rajouterait du négatif au négatif.

— J'ai une question. À propos de Karin, la femme de Mattin Gozategui. Sallaberry m'a raconté que, selon Marie Espilondo, Lezcano était certain qu'il l'avait tuée, alors que j'ai toujours cru qu'elle avait été emportée par une baïne…

— C'est ce qui s'est passé. Gozategui a bien tenté de la sauver, mais il n'y avait rien à faire. Ce sont deux surfeurs qui l'ont ramenée au bord, et plusieurs témoins ont assisté à toute la scène.

38

François chemine derrière Laurence, qui avance d'un pas tranquille à travers les fougères. Il a décidé de terminer sa rééducation en gravissant le versant sud de la Rhune. Il la regarde passer le petit pont qui mène au chemin de l'autre côté du ruisseau, puis franchir le portail (il n'oubliera pas de le refermer). Le couple emprunte ensuite un bout de GR 10, ce sentier de plus de mille kilomètres de long, qu'ils se sont juré de parcourir un jour entièrement, d'Hendaye à Banyuls. Pour l'instant, leur projet, plus modeste, se limite à rejoindre la *venta* du sommet de la montagne pour y déguster une bonne bouteille de txakoli devant la vue à trois cent soixante degrés sur toute la région, des plages des Landes aux premiers pics pyrénéens. Avant d'atteindre leur objectif, il leur faut encore longer le bois, passer le grand bosquet et retrouver la piste qui arrive de Bera. En revanche, c'est décidé, ils redescendront avec le petit train à crémaillère qui s'élance doucement depuis le col de Saint-Ignace, où ils ont laissé leur voiture. Sa voiture de fonction. Elle a bien vu le coup d'œil appuyé de François quand, sur le parking, ils ont croisé un break Volvo blanc identique au sien, désormais une sculpture moderne sur roues exposée dans la casse automobile du Labourd. Cela prendra du temps, mais ces événements finiront par s'effacer doucement de leur mémoire.

Au sommet, son verre à la main, Laurence admire le paysage qui s'offre à elle.

— Tu sais quoi ? Je l'aime beaucoup, ton pays. Et en fait, toi aussi, Kizkur.

L'auteur remercie :

Laure Buisson, pour m'avoir accordé sa confiance et avoir suivi pas à pas la construction de cette histoire, en apportant ses idées, ses réflexions, ses corrections et bien plus encore.

Éric Irastorza, la légende de la cesta punta, pour ses souvenirs et ses explications avisées.

Laurent Garcia… champion du monde !

Jean Le Gall, dandy de l'édition, éternel entremetteur d'auteurs.

Karin Helary, indispensable.

Lexique

Aitatxi : grand-père.

Pala : nom d'un sport de type pelote basque qui se joue sur fronton avec une raquette en bois du même nom.

Pintxos : souvent appelés *tapas*, les pintxos sont des tranches de pain sur lesquelles sont placées de petites rations de nourriture, le plus souvent cuisinées.

Piquillo : piment rouge espagnol que l'on peut consommer nature ou bien farci.

Venta : installées côté espagnol à quelques centaines de mètres de la frontière, les ventas permettaient aux Français d'acheter moins cher leur alcool, leur tabac et d'autres produits. Elles servaient également de refuges et de lieux de contrebande. Désormais, si beaucoup maintiennent un petit espace pour l'épicerie, les ventas sont devenues des restaurants prisés des locaux et des touristes.

Xahakoa : en peau souple, le xahakoa est la gourde traditionnelle utilisée par les bergers basques.

Composition et mise en pages
Nord Compo à Villeneuve-d'Ascq

Pour plus d'information :

www.lisez.com

Imprimé sur du papier issu de forêts gérées durablement.

CET OUVRAGE
A ÉTÉ ACHEVÉ D'IMPRIMER
SUR ROTO-PAGE
PAR L'IMPRIMERIE FLOCH
À MAYENNE EN AVRIL 2023

N° d'impression : 102482
Imprimé en France